文經文庫 235

嫁來天堂的新娘

強娜威◎口述　管仁健・黃丹力◎整理

文經社
Taiwan
COSMAX
PUBLISHING Co.
Since 1981

自序

天堂就在這裡

女兒四歲時，有一天畫圖，我問她在畫什麼，她說：「我在畫我們家。」

看著她專心地畫著，我忍不住讚美說：「你畫得好像天堂喔！」

女兒疑惑的問著：「媽咪，什麼是『天堂』啊？」

中文不好的我，一下子也沒辦法對四歲的女兒解釋，究竟是什麼是「天堂」。只好告訴她：

「就是一個很好的地方，你長大以後就知道了。」

❤

說台灣是天堂，很多生活在這裡的人，也許都不以為然。

說我家是天堂，來過我家，認識我的人，尤其是只在公視節目或電視新聞裡看過我的人，可能更不相信我家是天堂。

來台灣以前，我相信這裡是天堂；結婚以前，我也相信自己能營造一個天堂。雖然這個夢曾經破碎過，傷過自己，也傷過別人。但隨著年齡的成長，我又逐漸有了在天堂裡的感覺。

即使跟小時候想像的天堂已經完全不同，但生活的經驗告訴我，只要我願意，我就能活在天堂裡。

❤

我在柬埔寨只讀到小學四年級就輟學了，十七歲被婚姻仲介商帶去首都金邊之前，除了騎腳踏車賣我自產自銷的鹹菜，去過鄰近的幾個村子以外，也不曾看過柬埔寨的其他都市。

外國，對我來說就更遙遠了。近一點的越南、泰國我聽過，遠一點的美國我也聽過，但是台灣，我就「莫宰羊」了。（這是我來台灣前，婚姻仲介商教我的第一句台語）

十歲那年，表姐家裝了村裡第一台電視，我偶爾也跑去看熱鬧，大家都喜歡看港劇。

有一次人家告訴我，現在播的是台灣來的節目，那是配了柬埔寨語的連續劇《包青天》，戲裡的男演員都穿著厚厚長長的袍子，跟港劇裡男演員穿的襯衫長褲都不一樣。那時我還以為這就是台灣與香港的差異。

另外在《包青天》裡的人，在飯桌上都是吃雞腿配酒，再來顆饅頭，比起我們天天喝清粥，就算過年過節加菜吃到雞腿，上桌前也都是先剝成一絲一絲的，不然全家人怎麼分？

到底一口咬在雞腿上的感覺是怎樣甜美，我們連想都不曾想過。

那時我心裡只有一個感覺，台灣人能這樣吃雞腿，台灣不就是「天堂」嗎？但來台灣之後才發現，雞腿只是平價便當裡的一項菜色而已。

❤

二〇〇〇年二月，為了改善家裡的生活，我接受婚姻仲介商的安排，嫁到了台灣，沒多久就懷孕生子。

台灣女生二十五歲時，可能還在讀研究所，可能剛出社會工作，結婚的不多，但我卻有了女兒，而且都已經上小學了。

在台灣生活的這八年裡，外子乃輝雖然很努力工作，但收入因為大環境的關係而不穩定。

他是殘障人士，我是外籍新娘，常聽到有人指指點點；加上我們兩個人的脾氣都不太好，吵架反而成了我學好中文的最快方法。

用物質、用現實、用客觀的方式來看，天堂如果在台北，你們都已經到了台中，我卻好像還在高雄，甚至還在海角七號。

可是一想到我的娘家、我的童年，就覺得這裡的物資充裕，說是天堂已經不會太超過了。

更重要的是，隨著我在台灣，身心、知識與眼界的成長，我看到了很多台灣人你們自己都沒看到的「天堂」。

——**這裡是美食天堂**。

只要覺得是好吃的，就會有人賣，也就會有人買。中國各省、世界各國，別說日本、義大利、法國，連東南亞這些比台灣窮的國家，當地的美食在這裡也能出現。

台灣人對飲食文化的包容，真的是讓我無法想像。

——**這裡是求知天堂**。

在柬埔寨農村，女孩子只要畢業或失學，就失去繼續求知的機會了。但是在台灣，不但為我們這些南洋姊妹開設了識字班、生活適應班；連打開電視，都有各種讓我們能增廣見聞的電視節目。

除了政論性的談話節目我不愛看以外，其他各類談話性節目，都成了我求知的來源。

——這裡是外來人的天堂。

台灣人真的是很好客，而且好禮，雖然仍有少數人會歧視我們這些來自東南亞的移民，可是大多數人對我們還是很友善的。

每次我與乃輝有爭執時，我的柬埔寨朋友都幫腔說我對，可是乃輝的朋友卻都說他不對，不是說他說話聲音太大，就是說他不體諒我剛來這裡還不習慣，或是我年紀還小。

他們這樣說乃輝，害我都覺得很不好意思。其實有些時候我們吵架，是我不對在先。

——這裡是弱勢者的天堂。

台灣車多人多，走路開車速度都好快，好像大家都在搶。可是我也注意到有拿白手杖的視障者可以走在街上，過馬路時有人會主動問他要不要幫忙。

最感動的就是一個路人帶他走了一段路，分手前要找到下一個與他同路的人「交接」後才離開。

我從電視裡聽到有人說過這樣的故事：有個人臨終時，天使先帶他去參觀一個地方，那裡放著一張大桌子，桌上擺滿了山珍海味。但是一群面黃肌瘦的人，爭先恐後的擁到桌邊，每人手上拿雙很長的筷子，雖然他們能用筷子夾到食物，但筷子實在太長，無法將食物送入自己的嘴裡。

接著天使又帶他到另一個地方，同樣也放著一張大桌子，桌上擺滿了山珍海味。同樣也有一群人，人人手中也是各拿一雙長筷子。他們用筷子夾食物，卻不是將東西送入自己口中，而是送到站在對面的人嘴邊，讓對方食用。每個人都這麼做，每個人也都吃得到食物。

那個人恍然大悟，原來天堂與地獄的差別，只在一念之間。能有關心與愛的地方，就是天堂。

十七歲到台灣以前，我以為天堂在美國、在英國，甚至好像只要離開柬埔寨，到處都是天堂。

嫁到台灣以後，一開始語言不通、生活不習慣，與乃輝又常爭吵，我不知道天堂在哪裡，但地獄是什麼，我好像已經知道了。

如今，我的中文進步了很多，生活也漸漸融入，我知道這一切得來不易，雖然在生活中，與乃輝偶爾還會有點小磨擦，但我已懂得要感謝他，也感謝台灣這塊土地，還有這裡的每一個人，因為你們讓我體會到什麼是生活。

感謝在過去八年裡，那些曾經幫過我的人與團體，你們像是幫我把車加滿了油，讓我在生活裡自由奔馳；我也要感謝那些曾經歧視我、甚至傷害我的人，因為你們像是幫我把車換了煞車皮，讓我認識了在生活裡我該承擔的責任。

所以我相信，只要有著知足與感恩的心，天堂就在這裡。

目次 contents

嫁來天堂的新娘

我們不是劣幣

這是我們柬埔寨的童話。

很久很久以前，也不知到底是多久以前，柬埔寨還是一個以男性為主的社會。在那個時候，結婚都是由男生來挑選女生，終於逐漸引起女生的不滿。有一天，一群男女決定要比賽挑土，以天亮為時限，看誰堆的土比較高，贏了的這一方，以後在家裡就有主導權。

但女生這一隊自知體力不如男生，可能會輸掉比賽，因此決定智取對手。比賽進行到晚上時，女生故意將燈火放到高高的柱子上，然後學雞叫的聲音，讓男生誤以為天已經亮了，比賽可以結束，便放心地休息了。

女生看到男生休息，就趁機趕緊將土堆高，變成一座高山，比男生堆的還高，最後女生贏了比賽。男生雖然輸得不甘願，但也只好認了。

這場比賽讓女性獲得權力，不僅有權主導婚姻，家中財產也由女性掌管傳承。從此以後，柬埔寨變成一個母系社會。

在柬埔寨很多地方都是這樣，他們把比較高的山說是「女人山」，矮一點的就叫「男人山」。我們那裡也有。

但其實什麼是母系社會，或是父系社會，我根本也不懂。我是來台灣以後，從一些公民課程與電視上的談話節目裡學來的。

❤

小時候，我曾親眼目睹過戰爭。持續不斷的內戰，把柬埔寨打成全世界最貧窮的國家之一。在平均壽命僅有五十多歲的這個國家裡，大家結婚早、生小孩早，死得也早。才十幾歲的失學孩子，家裡就在為他們預備婚事了。

村裡的人都是務農，政府提供土地給我們種稻米，每天一早睜開眼睛，全家人就必須去「改造地球」，到了晚上七、八點，才拖著疲憊的身體回家。

我們這個小村，大約有兩百戶人家。聽說，別的村裡已有十幾個女孩子嫁到國外去了。

很多村子都是一個女孩嫁出去後，接著又把姐姐、妹妹；然後是堂姊、堂妹、表姊、表妹，一個一個都找了去，最後，整個村子的女生都「移民」過去了。

生活清苦，大家都在找出路。對一個女生而言，結婚就是她一輩子唯一的機會，也是這一家，甚至是這一村唯一的機會。

為了生活，下田種玉米、種綠豆、種紅豆，什麼粗活我都做過；在家裡還要幫忙養豬。然而，我從來不知道，每天這樣家裡田裡的忙來忙去，究竟要到哪一天才能停下來喘一口氣。

村子裡放眼望去，也都沒有比我們家好多少，根本不可能有中意的結婚對象，況且這裡也不流行自由戀愛。

❤

有一次，媽媽不知道是不是窮昏了，竟然想要把我和一個遠房表哥湊成一對。我大喊：

「拜託，我才不要嫁給他啦！」

從小，那個表哥每次來我們家時，我們就會像鬥雞那樣互相瞪著對方。我對他毫無好感，他對我的印象，應該也好不到哪去。

他們家每次來，都會帶好多洋蔥和高麗菜作為伴手禮；臨走前，媽媽也會塞一塊我們家自製糖磚給他們，好像在交換禮物一樣。

現在我與那個表哥都長大了，我有個不祥的預感，媽媽要將我跟他「送做堆」。我大聲抗議說：

「不會吧！你想把我拿去換洋蔥和高麗菜，我絕對不要。」

❤

飛機，對我父母親這一輩的柬埔寨人來說，是種非常「不祥」的東西。

戰爭期間，鄉下人沒人坐過飛機，卻有很多人被飛機丟下來的炸彈炸死或炸傷，他們對飛機都很懼怕。

小時候就聽說過，只要晚上流星出現時，對著流星許願就能應驗。但在我們那個偏僻鄉下，白天看到飛機的機會，也不會比晚上看到流星更多。

十七歲那年，每次頂著大太陽在田裡工作時，抬頭看到飛機飛過，我就趕緊把握機會，對著飛機許願說：

「希望下一架飛機就能帶我飛離這裡。」

❤

每年雨季開始的四月中旬，是我們柬埔寨人過的「水節」，等於是台灣人的過年，嫁出去的女兒也會趁機回娘家。

鄰村有個嫁去美國的大姊姊，回來時變得好漂亮。以前看她皮膚很黑很黑的，現在卻變得很白，應該是不用下田工作才變白的。所以我就想：

「假如我能嫁到美國，一定也能變得這麼白。」

大概是我對飛機禱告的心願還不夠虔誠，所以後來心願只實現了一半。飛機載我飛了一半，就把我丟下來了。

所以，美國我沒去成，但我卻很幸運的到了台灣。

❤

來台灣之後，因為我們比台灣人更黝黑一點的膚色，曾招來一些不愉快的經驗。

我聽過有台灣朋友告訴我，他們在歐美也曾有這種經驗。甚至還有同是柬埔寨來的姊妹告訴我，她的婆婆竟然告訴孫子，說外婆與舅舅的手黑黑的，他們給你的東西不乾淨、不能吃。

剛來台灣的這幾年，當我聽到身邊南洋姊妹們有這種抱怨時，我也會跟著很氣憤，甚至遷怒到其他無辜的台灣人。但這幾年我再遇到這種抱怨時，我就會平心靜氣的告訴她：

「膚色深淺是天生的，用這種標準來衡量人、甚至歧視人是很幼稚的。但是在台灣，會有這樣想法的人終究是少數。」

我真的很慶幸，在台灣我雖然也受過一些不公平的待遇，但是透過公民課程的學習，讓我在這裡也更認識到，對於不同的族群與文化，我們應該慢一點批評、多一點觀察、尊重對方、容忍差異。

❤

生活在台灣，有時還是無法避免一些不願尊重其他文化的人，用眼神、用言語、用行為來否定我們。最誇張的是竟有一位立法委員主張，應該檢查外籍新娘身上是否有越戰落葉劑的餘毒，避免外籍配偶生太多小孩，免得「劣幣驅逐良幣」。另外有一位教育部次長，也認為我們的素質有問題、要節育。

雖然我們被少數帶著傲慢與偏見的人貶為「劣幣」，這些話也嚴重傷害了我們與我們的子女。但我告訴自己，我絕不能生氣，也不能讓那些幫助過我的台灣人失望，我只能更努力，繼續用行動證明給這些人看看：

「我們不是劣幣。」

我的鹹菜命

有人問我：「在台灣，你最懷念的柬埔寨食物是什麼？」

我會告訴他：「是鹹菜。但必須是我自己做的鹹菜。」

也許你要問，為什麼一定要自己做的？因為要不是因為做鹹菜、賣鹹菜，結果有人跟我買鹹菜，我就不可能來到台灣。

❤

柬埔寨的農村生活很簡單，每天清早天剛亮，家裡的公雞就拉長著脖子，提醒全家人「該起床」了。

只要村子裡有一隻公雞開始啼了，粗嘎嘎的啼聲立刻此起彼落，讓人很難再入睡。我也必須揉揉眼睛起床，開始忙碌的一天。

原本我們女孩子一起床，只需要忙著家裡與田裡的事。但十六歲那年，爸爸因為遭人誤會而被打成重傷，臥病在床好一陣子，家裡的收入就中斷了；接著媽媽心急爸爸被人欺負，因此也患了心病，兩個大人一下子都沒了工作能力。

隔年夏天，每天起床後我又多了一份工作，就是要做鹹菜。而且除了自產，還要負責自銷。每天下午，我就騎著男生騎的那種很高很重的腳踏車，去鄰近的幾個村子叫賣。

❤

父母都沒有收入，家裡的農事，就靠兩個哥哥在幫忙。所以我每天賣鹹菜的這份收入，對家裡來說是很重要的。

每天下午，我都要載著很重的鹹菜，騎腳踏車出去賣，連遇到淹水也不能歇息。雨季的時候，積水都還沒退，哥哥就划船把我連同腳踏車和鹹菜，載到水淹不到的地方，把人、車與菜都卸下來，讓我從那裡騎著車開始叫賣。

但我從來不知道，每天認真做鹹菜出去叫賣，也會碰上「奇蹟」。

❤

「鹹菜ㄜ——鹹——菜——ㄜ——，好吃的鹹菜ㄜ——！」

一九九九年冬，柬埔寨難得出現這麼冷的天氣。那一天，我獨自騎了三個小時的腳踏車，沿路叫賣親手醃製的鹹菜，還刻意學著大人那樣把尾音拉長，讓更多的村民聽到。

那段時間，湄公河沿岸剛淹過水，很多村子裡農民自己種的菜都泡爛了。接下來的幾個星期，許多家庭就必須靠這種醃鹹菜度日。

當然，我們家例外，因為我們必須靠這份賣鹹菜的錢來貼補家用。我醃的鹹菜除了我自己試吃過一、兩口之外，爸媽、哥哥、弟弟和妹妹們，誰也捨不得吃。

❤

「ㄟ——賣鹹菜的，給你買囉！」

「好！」第一筆生意來了，我把腳踏車停好。

「一包多少錢？」

「一公斤兩千（柬幣，約合台幣二十元），很好吃的！我醃的鹹菜保證好吃。」

我們家是熬棕櫚製糖的，雖然家徒四壁，但糖磚要多少有多少，所以我醃的鹹菜很捨得放糖，賣的鹹菜當然比別人的更順口。

「你可以試吃看看，試吃不要錢的！」我依然自信滿滿。

這樣一天下來，褲袋鼓鼓的。回到家還來不及喘口氣，就迫不及待把錢掏出來數，有一萬多耶！這跟在家做家事與在田裡幫忙不一樣，那種現金入袋的感覺，真好！

就這樣，不分晴雨地賣了兩個多月，直到有一天……

❤

「ㄟ——阿妹，停一下啦！」

是一個長得白白淨淨的大姐，連續好幾天，天天都跟我買鹹菜，還邊買邊跟我聊，問我叫什麼名字，今年幾歲。我看她皮膚白白的，生活大概過得很不錯，哪像我，為了討生活，成天在外面奔波，日曬雨淋，活像一隻黑土雞。這一天，她忽然問我：

「ㄟ——阿妹，你有沒有想過嫁到國外去？」

她今天想聊的話題，讓我睜大了眼睛。

「有！」我直截了當地回答。

❤

「真的嗎？」她有點意外我會答得這麼爽快，所以看起來比我還開心。

「你幫我介紹好不好？」我略帶央求的口氣。

「可是……你媽媽會同意嗎？」

媽媽會同意嗎？我管不了那麼多了。

❤

我跟那個大姐說，我本來就想將來要嫁到國外去，而且以前就常常有這個念頭。

但是因為我那時還「未成年」，她說要先跟父母親商量。

那一天，那個大姐就跟著我回家。

媽媽聽她說明之後，什麼話也沒說，只把我拉到一旁去，小聲地問我：

「這樣好嗎？」

「沒問題的，你看隔壁村子裡那個誰是這樣，誰是那樣，回來時不都是漂漂亮亮、風風光光地，還買很多東西送給父母還有兄弟姐妹，有的甚至幫家裡蓋房子。」

我忙著打包票。

「可是……」媽媽還是在一旁嘮叨。

「沒關係，一切後果我自己承擔啦！」

「不過……」媽媽還是不死心。

「好啦！我們窮人嫁給誰都一樣，反正都是嫁給老天爺啦！」

媽媽不斷的問，我不斷的答。安慰她其實就等於在安慰我自己。

❤

媽媽說她捨不得我嫁到國外，太遠了，見個面都不容易。一副我已經雀屏中選，真的要遠嫁似的。但那天我也真的急了，急著想要去追尋我未知的幸福，很怕媽媽拿不定主意，或是突然堅決反對。

她面露難色，失神地走入內間，再出來時塞給了我一萬塊柬幣，替我包了幾套衣服，就讓我跟著仲介到金邊去了。

之後，家裡發生的對話，我就不在場了。為了寫這本書，我打電話回柬埔寨問媽媽，才知道，一到晚上，哥哥收工回家，晚飯上桌了還不見我的蹤影，忍不住開口問道：

「妹妹上哪兒去了？怎麼不來吃飯？」

「唔……她到金邊去了。」媽媽用微弱到幾乎聽不到的聲音回答。（她從不曾這樣對家人說話的）

「去金邊？她去金邊做什麼？」

「她跟仲介走了……」講話一向很大聲的媽媽，被哥哥這樣一問，音量又降低了一些。

「仲介？走……走去哪裡？」哥哥進一步逼問，急得都岔了氣。

「可能會去台灣吧！」媽媽的口氣越來越微弱，還伴隨著兩串無聲的淚珠，他也覺得自己好像做錯了似的。

「媽媽，你怎麼可以這樣！」哥哥無視於母親的兩行淚，但說著說著，自己竟也急得流下眼淚：「妹妹她萬一被賣掉、被虐待怎麼辦？你怎麼可以這樣！」

爸爸始終在一旁沒有作聲，神情看起來異常地落寞。

身為家中的長女，看著家裡每天連喝稀飯都不容易。兩個哥哥和小弟，他們，雖然不斷地增加工作時數，更賣力工作，但收入還是只能這樣。而天真的妹妹，猶不知人間疾苦，對於家裡的窮，我怎麼也無法置身事外。

爸媽年紀大了，工作能力越來越弱，坦白說，自始至終，我只希望自己的婚姻，能為家人換來一千美元的代價。這是我，也就是我家最後的籌碼了。那時我只有個簡單的想法，能治好父母的病，能為他們蓋一棟不漏水的房子。

「不管是嫁給誰，就當作是嫁給老天爺吧！」

生活在台灣，想吃什麼都不難買到，與當年柬埔寨的生活，根本無法比較。然而，我還是時常想著當年親手醃製的鹹菜。我想，我就是天生的「鹹菜命」：醃在水裡、關在鐔裡、壓在石頭下。你以為我只是鹹的、苦的、酸的；但我身上其實還是有點甜味的。

在生活中，或許就因為我始終都能抱有一點體諒與幽默的心情，來看身邊的萬事萬物，所以，鹹菜命裡也始終都還能有一絲甜味。

夢醒時分

清晨的陽光從窗戶射進來，灑在我的臉上。感覺越睡越躁熱，乾脆坐起身來。忽然之間，我嚇了一跳。

「這是哪裡？我為什麼在這裡？」

雖然生活在台灣，但每天六點半左右，我還是擺脫不了來自農村的生理時鐘。

幾年前，我還在柬埔寨的小村裡，現在卻是在台灣的首善之都。

幾年前，我一起床就有一堆做不完的事，打掃完屋子，還要去河邊挑水，接著還要下田工作，以及把下午要賣的鹹菜醃著。

幾年前，更累人的養豬等雜事要讓我筋疲力盡，養豬必須先到野外去砍芭蕉葉，剁乾淨後再一邊兩根拖著回家來。有時要幫忙砍木材，或是到後山採野果子、撿乾柴，好拿回家當食物或燃料。

在柬埔寨時，若是有機會能在村裡打打零工，像採玉米、種番茄等，各種能賺點小錢貼補家用的事，能做的我幾乎也都做過。

小孩子難免會調皮，每次不乖、做錯事，媽媽拿著棍子追著打時，我就逃出去，跑給她追。但跑了一天還是要回家，為了討好媽媽，回來時刻意挑著兩桶水，但結果依然難逃一頓好打。

總之，每天一睜開眼，就要開始過生活，根本沒有什麼娛樂可言，更是沒有時間做少女夢。電視、電影這種要付錢的奢侈品，只能偶爾看一次。

❤

我沒有什麼姐妹淘，也沒有時間整天吱吱喳喳講一些女生的悄悄話。最多也只是相約壯膽作伴一起去打水的鄰居女孩和表妹，趁洗澡與洗衣時嚼嚼舌根。

和村子裡的男生在小路上錯身，我們也會打個招呼。他們會問說：

「來洗澡哦？」

「是啊！」

我們女生只敢簡單的回話，然後，他們砍他們的樹，幹他們的活兒，我們洗我們的澡，聊我們的天。誰也不敢多跟男生講幾句。

我們幾個女生洗澡時聊天的內容，千篇一律也都只是晚餐要煮什麼；再不然，就是誰誰誰要結婚了，要不要一起去參加婚禮。因為生活就只是這些，能聊的事當然也永遠脫不了這些。

有一天，我們女生聚在一起洗澡兼洗衣服時，阿麗忽然說起：

「村裡的阿威，好像喜歡小春喔！」

這個話題一開，立刻有人說是真的，也有人說是假的，大家邊洗衣服邊咯咯咯地偷笑。

但這種誰誰誰好像喜歡哪一個大姐姐的謠言，我卻沒有興趣討論，因為我一點也不想嫁給同村的男生。

如果這一輩子，都要過這樣沒有希望的生活，我寧願不嫁。但想歸想，每天清早一睜開眼睛，就一直忙到晚，只為了填飽肚子，而且常常都還覺得吃不飽。

這樣整天奔波勞碌，連上學都沒時間去了，哪裡還有心情煩惱那些「女生的事」？

在我們村子裡，老一輩的人都說，一個大女生最好是把家事做好，不要整天想著出嫁，也不要到處串門子，其它的就留給人家去探聽。

在別人眼中，我也知道自己是個條件好的女生；但「條件好」可不是我自己說的。

柬埔寨的婚姻仲介，他們的工作就是周遊各村，物色「條件好」的女生，遊說她們加入仲介，等著嫁到國外去過好日子。

按照他們仲介的標準，一個女生必須外貌條件好，再加上手巧賢慧，才有可能被他們看上。因為仲介挑來的女孩子，如果一直無法被買主看上，他們就等於白白花錢請女生吃免錢飯。

在窮得買不起任何食用油，也不知下一餐著落的柬埔寨農村，大多數女孩子包括我，腦中從不會有富裕資本社會才有的「白馬王子」。

富裕能讓台灣的女孩子身體早熟，窮困卻讓柬埔寨的女孩子心理早熟。

我們從小就很清楚，男生的「帥」不能當飯吃，婚姻是我們全家人翻身的唯一機會。

當然，外國也不只台灣一個，但我對台灣這個地方，卻充滿了幻想。

電視裡看過的，台灣男人應該都像「包青天」一樣穿長袍、吃肉包吧！至於村子裡祈福時播放的露天電影，男女主角整天不必工作，可以在咖啡廳裡談情說愛，或在沙灘上追逐嬉鬧，更讓從未見過咖啡廳與大海的我，羨慕得不得了。

那時還很幼稚的我，也希望可以像他們那樣，穿得光鮮亮麗，生活無憂無慮，管他嫁的人是老是少、是醜是帥、是全是殘，甚至是男是女都沒關係。

❤

來台灣後，我問過很多人，你猜婚姻仲介商把女孩子從父母那裡帶走後，第一件要做的事是什麼？很可惜都沒人猜中過。答案就是：

算命。

因為仲介商在我身上等於是先投資了一筆錢，她當然也很希望我能趕快被人「看中」，結果算命師的回答還算令她滿意。所以隔天起，我就在仲介那裡住下來了。

然後，就開始過著每天沒人「看」時就做點家事、打打牌，有人「看」時就列隊走出去，讓人「挑挑撿撿」。

仲介那裡的「老鳥」，資歷最深的待了將近一年。她們多半對我們這些「菜鳥」不太理睬。

條件好的女孩，很快就被挑走。

❤

有些被挑走的女孩，當天就被帶到飯店和男生「相處」，培養感情。過了幾天回來，我們全部都圍上去一探消息，想學習學習，增加自己的機會。

「怎麼樣？怎麼樣？」大家吱吱喳喳，一心想知道他們兩個到底在一起了沒。

「你吃過『香蕉』了嗎？」有人膽子大，直接問了這個令人臉紅的問題。

大家哈哈大笑，掩飾各自害羞。

「你們要小心了！」她的食指朝著我們揮呀揮的。

「你們要準備好哦！第一次會很痛很痛哦！」

但她說得眉開眼笑，讓我們很難想像為什麼「痛」的表情是這樣。

❤

在我們這裡，每個人都有一個價錢，處女一千美金，非處女當場折半，只剩下五百。

別小看那一層薄膜，有沒有，價錢當場差了一倍。

是不是處女，也不只是仲介會問，若是「買主」懷疑，仲介就必須帶「貨」去診所驗明「證」身。

我們當中有一個女孩，之前和男友熱戀時，已經獻上處女之身，但她事先沒告訴仲介。

後來，她被一個台灣人挑中後，心裡才開始害怕自己非處女的實情曝光，雖然「買主」還沒開口要「驗貨」，她已先向仲介吐露實情。

仲介氣得要命，怪她為什麼一開始不早講！

還好，這種事還是有「補救」之道的。負責檢驗我們是不是處女的醫生，也會「兼差」用手術幫某些需要的人「回春」。

仲介於是緊急帶她去診所動手術，讓已經折價成五百的貨色回到原價一千。

❤

有時候，顧客看上其中一個女孩，可能當天就帶到飯店去。如果事後覺得女生衣服脫了後「條件」不如預期，或是動作配合得讓他不滿意，仲介還保證「換貨」，對方也只需賠償女生一些「處女損失費」。老醫生的手術案例是源源不絕的。

總之，到了這裡，我們就沒有權利說「不」了。

和我同村子的一個女孩，已經和一個韓國男人在一起一個月了。那個韓國男人說要回韓國去辦證件，結果卻一再拖延，遲遲沒有回來接她。

拖了三、四個月後，女孩終於等不下去了，仲介也勸她死心吧！最後她只好嫁給另一個韓國男人。

仲介「負責」換一個男人給她，就算作是對她的「補償」。至於回收後再出售的「貨」，要算一千，還是五百。我沒問，她也沒說，仲介更不會說。

❤

總之，仲介向我們保證，只要配合他的安排，一定能推銷出去。當然，他們向男方也保證「售後服務」，就是跑一個換一個。

所以，每個外籍新娘的命運是一樣的。當雙腿叉開躺在檢查椅上時，我們生命中的第一個男人，第一個打開我們那裡檢查的男人，其實都是金邊那家小診所裡的老醫生。

「你會不會嫌我？」

來台灣後，我發現這裡真的是購物天堂，買菜可以去大賣場、去超市，也可以去傳統市場，有各式各樣的選擇。

我很喜歡去傳統市場買菜，這裡的人都很親切，那些小販會跟我們打招呼，連常來買菜的主婦們，都還會與我聊幾句話。

但是，市場裡唯一會讓我有點不習慣的地方，就是肉攤。不是他們有什麼不好，而是這些肉架上的生肉，喚醒了我難忘的經驗。

我在金邊的婚姻仲介那裡，待了將近二十天。每天我們都要打扮整齊，然後七個女生排隊站好，就像豬肉攤上掛著一塊一塊的生肉，讓人挑來撿去。

❤

有一天，我們一排女生走出去時，看見有一群人站在那裡，他們是從台灣來的，其中只有兩個男生是來挑老婆的，其他的則都只是家屬或陪客。

我一眼就看到了其中身高特別突出的那個男生，他很年輕，皮膚異常白皙，眼神跟我一樣羞澀。我還天真的想：

「不會吧！萬一他挑中我，那不是被我『賺』到了。」

然而，他身旁的那位女士好像也同時看上了我。我不知道她是誰，我猜應該是他的媽媽吧！

♥

她看起來很幹練，但也很刻薄的樣子。挑——「貨」的手法相當老練。當她向我走過來那一瞬間，我忍不住興奮。

飛機，我腦中立刻浮現起飛機的樣子，好像飛往台灣的機票已經拿在手上。我的美夢，不，應該說是我家的美夢，就快要成真了。

但結果卻不是我想像的那樣。

她先用銳利的眼光，從我腳底看到頭上。那種冷漠不屑的眼神，比X光機還銳利。我站在她面前，雖然穿了衣服，但卻像赤裸的一樣，心裡立刻起了一股寒意。

好像等了一世紀那麼久，她把正面看完了，把手輕揮了一下，示意要我轉過身來。背對著她，心裡舒服了一點，起碼就不必繼續接觸她那會「強姦」人的眼神。

目「測」結束，我還以為她已經檢查完了，沒想到更近一步的「檢查」才開始。

她快速地伸出手來，我還沒反應過來，她已操起我的手端詳手相，然後掐掐我的骨頭。很痛，但我還是繼續忍著，不能，我告訴自己不能掉淚。

我不知道她是不滿意，還是很滿意我的手相，她的手竟然從我的肩膀開時向下游移，從胸到腰，一直到了「那裡」，再轉過身來從後背摸到屁股。然後就一直停在那裡反覆檢驗，那一刻，我的睫毛終於擋不住衝出眼眶的淚水，她「高貴」的手停在我的臀部，應該滴不到她手上吧！

❤

那個男的始終都沒有開口說話，顯然是那種害羞內向型的。難怪要靠「媽媽」出面挑老婆。

外觀沒有瑕疵，不表示內在也堪用。所以接下來，他們要我們七個人「表演」泡茶和洗衣服。

再接下來，他們說：「拜拜，我們回去再考慮考慮。」

然後，就再也沒有消息了。

我真的想不起來了，那時候我是失望，還是慶幸。當然，也可能是我不願意回想。理智一點來看，我是應該感到慶幸，這次沒被挑中或許是好事。

如果真嫁給了那個高高白白的男生，他身旁那個「疑似媽媽」的女人，或許就要跟我一起生活，這樣的日子大概也不會太好過吧！

如果萬一那男的有什麼三長兩短，她一定會說我是剋夫命；如果生不出孩子，她會說是我肚子不爭氣。如果……

可是，如果我這樣東想西想，我家就不可能拿到那一千元美金。為了一千元，我只好忍住淚水，讓自己繼續「掛」在那裡任君挑選。

❤

幾天之後，仲介的大姐忽然叫著：

「娜威，你來一下！」

「怎麼了？」我中止擦地板的動作，直起身來。

「這是一個台灣男生的資料，你看看。」

想到這次不必列隊被看、被摸、走台步、泡茶，而是單獨找我談，我有點驚訝。

「這是他的書嗎？」

我盯著翻譯放在桌上的一本中文書封面的照片猛瞧，但那是一本什麼書，書名叫什麼我也看不懂。翻譯好像怕我不接受，趕緊接著鼓吹：

「這是『他』寫的書，這個人在台灣很有名哦？」

「什麼是『有名』啊？」

❤

對我們農村女孩來說，腦子裡從來沒什麼叫做「有名」的觀念。我只是覺得封面照片裡的他，笑起來很誇張，有點奇怪，我還沒問，翻譯就趕緊解釋：

「他這個人只是身體不方便，但是頭腦和正常人一樣。」

我越聽越糊塗了，什麼叫「身體不方便」？他會寫書，頭腦當然比正常人還好，我沒懷疑他的頭腦啊？

不過，其實他根本不必對我說這麼多。當初願意跟仲介來金邊，我就下定決心了，不管未來丈夫是圓是扁，只要我爸媽能拿到一千美元，幫家裡脫離生活困境，我就滿足了。

看著他的照片和柬文注明的背景資料，我的胸口好像有一股鬱悶之氣噎著了。

「好，沒關係，我願意！」

我一口答應，好像非得靠這一吼，才把氣運出來似的。

雖然他是殘障，但這次不是我們打扮整齊後列隊讓人挑選，而是先問我的意見。或許這是我殘存的一點自尊心吧！我一再提醒自己：

「不能放棄這機會。」

❤

在金邊的飲料店裡，我終於見到書封面上的那個大男生了。雖然我們倆中間隔著翻譯。

但我始終盯著書，不敢抬起頭來。

是害羞，還是害怕，自己也定不下心來分辨清楚。

「我──叫──黃──乃──輝。」

我仍是低著頭，聽到的是他那好像電池快沒電般有一點點不連貫的聲音。

他和我在這一句簡單的自我介紹後，都雙雙落入沈默。

接著，仲介和翻譯便一搭一唱，恪盡職責地將這個人的豐功偉業詳細交代，像是媒婆在推銷手上的人。

❤

翻譯用柬文告訴我，他這本書叫《心向太陽》，是描述他一生奮鬥向上的故事。還一直提醒我，年輕女生結婚一定不能看外表……

書名裡有「太陽」，我猜封面上的他，一定是被太陽曬得睜不開眼睛，才會滿臉扭曲，笑得這麼誇張吧！

仲介與翻譯還在一搭一唱的繼續從書的內容裡，找出可以介紹他的「優點」。

他雖然小時候生病發燒，卻不向殘酷的現實低頭……

被爸媽棄養，還好有奶奶帶大……

最疼他的奶奶過世了，嫁過去沒有公婆，有自己的房子……

他現在有正當的職業，在酒店賣花有不錯的收入……

他是台灣「十大傑出青年」……

能嫁給他的人真是好命哦……

❤

反正我也聽不懂什麼叫「十大傑出青年」，忍不住抬起眼來偷偷瞄了他一下。瞥見他雖然聽不懂那些人用柬文在說什麼，但笑得比書的封面還燦爛，好像一直都有些不為人知的快樂。

他雖然是「腦性麻痺」，造成行動不便，但智力思想都和一般人一樣……

聽到他們說起「腦性麻痺」，我自顧自地進入了自己的思緒。村子裡不就有兩個男生也是這種病？原來我對這病一點都不陌生，它早就存在我的生活周遭。

記得常看到其中一個還騎著腳踏車趴趴走，行動自如，說話也清晰，也還有能力工作；另一個似乎就沒那麼幸運，聽說開了刀後，聲音就變得陰陽怪氣，不男不女。

想到這裡……他們還在想辦法把乃輝推銷給我。我只聽到他們說：

「女人哪，嫁個有錢的老公比什麼都重要……」

❤

耳邊嗡嗡作響，我實在太緊張了，雙手不斷顫抖。雖然看過他的照片，但見到本人，還是讓我不知所措。

我長這麼大，第一次看到有人說話必須這麼吃力，還會搖頭晃腦。他的皮膚也是白白的，但是比之前那個害羞的男生削瘦多了。

與他相談二十分鐘後，我的心情終於平靜下來。我安慰自己，他只是「行動不方便」，頭腦和一般人一樣，而且他的背景不錯。

只是，我難免胡思亂想：

「會不會他除了腦性麻痺還有其他問題？」
「會不會他們家裡還有其他人也是這樣？」
「會不會我跟著他到台灣三個月後就被他趕回來？」
「會不會我自己受不了那樣的生活，半年後就逃回來？」
「如果回柬埔寨後，還有誰會要我？」

❤

我一直想、一直想。難道我未來一輩子都要面對著這個人生活嗎？
他哇啦哇啦慢慢地講了一些話，每句話都黏黏的，像糯米團一樣扯不開。接著他問我：
「難道你不會嫌棄我的身體這個樣子嗎？」
透過翻譯，我知道了他的疑惑，便請翻譯告訴他：
「你都不嫌我家窮了，我怎麼會嫌你行動不方便呢？」
我低著頭說完這句話，與乃輝的終身大事便這樣決定了。

迷路的時候

「淡淡的友情很真，淡淡的愛情很醇，淡淡的依戀很輕，淡淡的孤獨很美，淡淡的思念很深，淡淡的祝福最真，願保持這樣淡淡感覺。祝你情人節快樂！」

情人節當天，收到乃輝坐在高鐵車廂裡，傳給我的簡訊祝福。雖然前一天晚上，我們還為了一點小事有爭執，但收到了他的簡訊，也就忘了那些不愉快。

我中文還不夠好，也不想用電信公司提供的佳作轉寄給他，就只能把我的心意，簡單的回傳給他：

「老公，我也祝你情人節快樂，每天都快樂！」

❤

與乃輝的婚姻，就像吃到沾了糖的苦瓜那樣，一下甜、一下苦。

記得在柬埔寨時，一到婚姻仲介所，我就被帶去算命、驗明處女正身、被標價……，經過幾次下來被人又看又摸，我真的不覺得女人在結婚這件事上，能有什麼主導權。看來我們柬埔寨那個「女挑男」的傳說，只能繼續把它當作傳說。

與乃輝在金邊訂婚當天，正在拍婚紗時，一切都進行順利。但沒想到，幾個月不見的媽媽，竟突然跑到我住的飯店來，對著眾人宣佈：

「不可以，這個婚不能結！」

因為我的關係，我們全家第一次聚集到首都金邊去。原本就繁華的金邊，因為媽媽的哭聲，更添幾分熱鬧。

我向她解釋說，他的行動雖然不方便，但頭腦和一般人一樣正常。我不知不覺說出了仲介第一次向我介紹這個人時的說辭。

媽媽堅持不讓步，並且開始哭泣。我說好說歹，她還是不肯讓步，最後我也沒耐性了，就問她：

「好啦，不結就不結，但現在婚紗都已經拍了，你有一萬多美金賠給仲介嗎？」

❤

媽媽終於願意冷靜下來，接受安撫，讓仲介帶著她去逛街、買衣服。

如今回想起這句話，我還是難忍心酸。我的婚姻必須屈服在金錢的壓力下，但轉眼之間，母親也必須屈服於金錢的壓力。

我想那一次，我們母女倆都有著同樣的無奈吧！

我等著仲介把我的「天堂」之路鋪好，接著就是把該辦的證件辦妥。

飛機真的把我帶離了貧苦的柬埔寨，降落在離中南半島好遠好遠的另一座島上。

一個人稱錢會「淹腳目」的美麗之島。

❤

一下飛機，我嚇了一跳，穿著裙子，光溜溜的雙腿好像在喊著：

「哦，好冷！」

冷風把所有的熱切盼望一吹而散，我忙著打顫。

二月的台灣，沒有什麼溫暖的空氣，不像柬埔寨那邊，雖然是冬天，中午仍然熱氣逼人。天真的我因而揣想，台灣應該也冷不到哪裡去，所以只穿個短袖。

乃輝到機場接機，貼心地帶上了一件外套和一個女用皮包。他說一些貴賓都已經在家裡等了，一出機場，我們就坐上一台計程車奔馳到台北。

當我穿上從乃輝手上拿來的那件外套時，心裡感動得不得了，以為我從此就會在「天堂」過著幸福快樂的日子。可是一到家，他就要我換上一件中式的棉襖，是那種大紅色的。

我一看，無論顏色、款式，我都不喜歡，但也不知要如何拒絕，想說也說不出來，又不能嘟著嘴嘔氣，只好順服地把衣服換上，讓自己看起來成熟十歲。

剛才對他貼心的感動，一下子就煙消雲散了。

❤

接下來的幾天，我也不知道他在忙什麼，反正每天都不在家，我必須要堅強、獨立，凡事靠自己。

我也聽別人說起，他還有許多紅粉知己。但我不怪他，因為我和他還處在語言不通的階段，或許他很需要有人可以陪他說說話，談談心。

所以，他疼愛我的方式，就是抽時間帶我出去飲茶、吃好料，到處嘗鮮。

初來乍到，我看什麼都很新鮮、很好玩。

有些精緻美味的食物，是生平僅見，很想好好大吃一頓，但為了表現出教養和禮貌，卻要正經端坐，遲遲才敢動手。

我很怕人家瞧不起我，認為我是落後國家來的，就以矜持來掩飾自己的土氣。

每次坐在那樣熱絡的場合，我一句也聽不懂，更插不上話，連手都不知該往哪裡擺，就好像沒穿衣服被丟在公共場合一樣尷尬。

❤

一個月後，他把我引薦到一家企業裡工作，而工作內容也很簡單，只要隨時把環境打掃乾淨，客人來就泡茶並奉茶。這對勞動慣了的我來說，小事一樁，趁機也可以磨練一下自己剛學到的中文。

有一點我倒是很自豪，我對清潔的要求絕不輸給台灣人。洗馬桶我不會只用長柄刷抹兩下，一定是親手下去把每一個角落都洗乾淨。擦地我不會用拖把「寫大字」，一定是跪在地上把每一個角落都擦乾淨。

❤

感覺上，乃輝有他體貼的一面，但也有他大男人的一面。

他和朋友應酬的場合，只要他開口要我作陪，我就必須乖乖跟著，不能頂嘴。

他為了讓我生活快點上軌道，特別在上班時間，抽出空來帶我上菜市場。因為是從公司裡出來，所以他總是全身上下西裝領帶皮鞋。

菜市場攤位的老闆們，都睜大眼睛盯著我們瞧，先是看看乃輝，再看看我。我瑟縮在他身旁，活像是他雇來的外傭。他們的眼神好像在說：

「這女孩子皮膚黑黑的，穿著這麼土氣，應該是外傭吧？但乃輝為什麼要用摩托車載著外傭來買菜？難道乃輝也討了外籍新娘作老婆嗎？」

沒有人會把眼底的疑問勇敢問出來，只是堆滿一貫禮貌性的生意人笑臉。

❤

剛來台灣時，如果他不帶我出來瞭解台灣的生活機能，我在家裡就快悶壞了。上街買東西，對於價錢完全沒概念，老闆講什麼又聽不懂，怕掏出來的錢不夠，所以為了保險起見，不論買什麼，一定先拿出五百或一千的大鈔。

結果，身上總有一大把找回來的零錢。或許，人家會以為我們是以出手闊綽來掩飾自己的寒酸。

蜜月期過了沒多久，有一天，我們在路上大吵了一架。大概我是氣壞了，什麼也沒多想，安全帽一丟，轉身就走。然後就發現路越走越陌生。我迷路了。

身上只剩下一些零錢，沒有手機，電話卡也不會買，買了也不會打。

我站在路口才一會兒，立刻有三個人先後來攀談。他們都自稱是我先生的朋友，要來載我回家。可笑的是他們連我先生是誰都不知道，卻還敢說是我先生的朋友。

他們鐵定一眼就看出我是外來的，且年輕涉世未深。還有一個人更誇張，說要給我錢，要我跟他走。笑話，乃輝要來接我，幹什麼還要給我錢？

這麼笨的騙子，也要出來騙人，我也很佩服他們的勇氣。我當然不會跟他們走。

❤

把身上零錢湊一湊，買了一張電話卡，但我卻買錯了，買了一百元的光學卡，插在必須用兩百元晶片卡的電話機，結果當然是公共電話不讓我「打」。

沒辦法了，我只好再把剩下的錢，湊一湊來打投幣式公共電話。好不容易和一位在台灣的柬埔寨朋友聯絡上，她叫我站在那裡，千萬不要動。然後她再打電話告訴乃輝，請乃輝來接我回家。

在迷路時，朋友叫我千萬不要動，但我其實想動也動不了，這樣陌生的城市，我真的不知何去何從，也不知道往哪裡才是家的方向？

我自以為掩飾得很好，其實站在街頭，就是那樣的格格不入，別人一眼就看出我是外來的。

❤

還有一次，他帶我出去時，因為有事要去辦，就要我在外面等他；但又怕我被人拐騙，就把我寄放在門口擦皮鞋的人那裡，請擦鞋的人看住我。怕我無聊，又買了一杯飲料給我喝。

看著無法暢所欲言、生活習慣差異又大的我，他大概也不知道要把我擺在什麼位置吧！只好先寄放在這裡。

從純樸的柬埔寨來到繁華的台灣，我常常有內外冷熱失調的感覺。雖然我認為台灣是「天堂」，但剛來這天堂時，連我自己都不知道，該把自己擺在什麼位置。

❤

我看電視新聞裡曾報導過，台灣軍隊裡訓練要求最嚴格的就是蛙人。

每個蛙人都要爬過十幾公尺的珊瑚岩，爬完後手肘、大腿多處都會有擦傷，腳底更是會流血，而且只能用海水沖掉血，而鹹的海水會使傷口更痛。

結果他們卻將這種很辛苦的魔鬼訓練，取了一個很好聽的名字，就叫做「天堂路」。爬過「天堂路」的蛙人，才算通過訓練。

那段語言不通，與乃輝相處又還不習慣的日子，我想，那就是我生命中最難忘的「天堂路」吧！

鄉巴姥進城

我在台灣的證件上，中文名字都叫「強娜威」，但我並不姓「強」，而是因為我的爸爸名字叫Chheang，發音近似中文的「強」。

在我娘家那裡，我們的名字前面沒有「姓」，而是冠上父親的名字以示尊敬，這叫「父子聯名制」。據說很多台灣原住民的部落，也用這樣的方法命名。

至於名字Navy，在柬埔寨文裡，就是「很能幹、很聰明」的意思。

好像也真是這樣，以前在我們附近的幾個村子裡，叫Navy這個名字的女孩子，各個都是人長得漂亮，嫁的老公又帥。

❤

來台灣前，婚姻仲介商為了申辦證件，Chheang Navy就被翻譯成「強娜威」。

那時我還不懂中文，不知道什麼是「強」，什麼是「威」。等我學了中文才開始怨嘆，我的命運會這樣「硬」，都是那個仲介商把我的名字起壞了。

當初他們大概是怕申辦證件要重複填寫一大堆表格，為了省麻煩，故意只挑筆劃簡單的字，讓我這小女生姓「強」也就算了，名字裡還有個「威」，也不會在上面加個草字頭變成「葳」，或者換成薔薇的「薇」。或許就因為這個男性化的名字，讓我變成命「硬」不怕運來磨。

一個柬埔寨的農村女孩，到台灣後因生活必須變成又「強」又「威」，過程裡真的是有歡笑，也有眼淚。

❤

我出生在柬埔寨裡一個沒有自來水、沒有電、也沒有電話的小農村。因為沒供電，所以我從不曾有將電器的插頭插進插座裡的那種經驗。

在台灣，家裡有電器要修換，都是男人的責任。但乃輝行動不方便，這些事他一概幫不上忙。

第一次爬上鋁梯換燈泡時，我還不知道要先關掉電源，連燈泡該往左旋還是往右旋也不清楚。我只擔心燈泡會不會突然「爆炸」，也顧不得自己會不會從梯子上摔下來，或是自己會不會觸電。

有錢人的知識來自老師，沒錢人的知識只能來自生活。為了活下去，生活逼得我必須成為具有實驗精神的萬事通。

經過多次實驗，我發現了很多有趣的「強氏電器常識」。例如烤箱不能用水洗，否則大約第三次就會「秀逗」；電扇剛在水龍頭底下沖完灰塵，馬上插電不會爆炸，而且還能運轉，可說是耐沖耐洗的電器第一名。

❤

相信嗎？我剛來台灣時，最讓我感到興奮的事，就是自己隨時可以隨意按下電燈開關，讓房子瞬間大放光明。

因為在柬埔寨的偏僻農村，根本沒有電力公司供電，要用燈就點油燈；家境好一點的，可以買一台柴油發電機，或是有需要時（例如請客）也可以用租的。

可是發電機開動以後就很吵，而且散發的那種臭味，會讓人只想逃到屋子外面去，加上柴油在柬埔寨是很貴的，所以用的人也不多。

我們沒有自來水，要用水就去河邊打水。我們沒有漫畫書、沒有故事書、沒有電動玩具。當然，沒有電，也不會有電視。

村裡只有一、兩戶人家有電視，而且還要家裡有自用發電機，才有資格買這種奢侈品。其他村民若想去看，屋主是要收錢的，費用是每人五十柬幣（約台幣五毛錢）。

我說小時候在柬埔寨到別人家看電視要收錢，很多台灣人聽了都覺得不可思議。但自備柴油發電機的發電成本很高，到別人家看電視，其實就跟進電影院看電影要買票一樣，很合理的。

不過雖然看電視要付費，但在柬埔寨還是有點人情味的，就是小孩子要付的錢不夠時，還可以跟屋主講價。有時我們三、四個小孩，可以合力湊一百柬幣（台幣一元），屋主也放行。

❤

後來，柬埔寨開始有了彩色電視，收費立刻也漲了，兩個人變成一到三元台幣。雖然仍有議價空間，但彩色電視卻讓收費的人變得比較嚴苛，人情味因為科技進步而變淡了。

有一次遇到鄰居有人家裡小孩滿月，就去租一台電視來播放影片熱鬧一下。租金一晚竟要價約三百元台幣。

那時還年幼的我，生意頭腦就開始轉著，如果有本錢，就可以買幾台電視來做這種生意，專門租給人喜慶熱鬧用。

另外來租電視的人，或許還要租錄影機，這樣我還可以提供各種錄影帶，再批一些甘蔗、香煙、零食來賣，想著想著，我好像就已經是柬埔寨的娛樂業富翁了。

從柬埔寨那樣的世界來到台灣，好像進入了一個未來時空。許多東西都是生平第一次看到。

在柬埔寨時，我不僅沒看過吸塵器，連拖把也是第一次接觸。當乃輝教會我如何使用吸塵器後，我就把它奉為「神奇寶貝」，因為從此我就不必再跪在地上擦地板了。

第一次看到洗衣機，覺得好新奇。髒衣服只要丟進去，它就可以幫你洗好。還不必自己擰乾，機器可以幫你脫水。剛來台灣的頭幾天，我的消遣就是站在那裡，按了洗衣機開關後，看著洗衣機在哪裡轉呀轉的，一看可以看上大半天。

能夠這樣輕鬆的洗衣服，對我來說，不就是「天堂」嗎？

筷子，在家鄉也是稀有物品。

柬埔寨人在家是用湯匙，阿嬤則是用最天然的工具——手。只有吃麵時才用筷子，要筷子就要自己做。

有一次媽媽買了好幾公斤的麵回來，我和哥哥就用竹子替自己做了一雙筷子。

在台灣，一開始看到小吃攤把用過的免洗筷當成垃圾，心裡都覺得不可思議：

「天啊，你們好浪費喔！」

❤

從一個燒柴的國度來到這裡，起初一進廚房，就感到怕怕的。

最可怕的是瓦斯爐，開關一開，就像怪物一樣噴著火，好像會把人給吞下去。

每次煮菜，都要鼓足勇氣，一手拿著鍋鏟、一手拿著鍋蓋，就像拿著刀與盾牌要上戰場那樣。

❤

由於缺乏用電常識，剛開始我連烤箱插頭都還沒拔下來，只是關了開關，就拿到水龍頭底下洗呀、刷呀、沖呀，開心得不得了。

乃輝回家時，一看到這場面，嚇得心臟都快跳出來，大聲喊說：

「好險，你沒被電死還真是走運。」

雖然那時我還不太會說中文，但我心裡就很不服：

「洗衣機明明可以插著電加水洗呀！為什麼烤箱就不行呢？」

❤

第一次回柬埔寨探親前，我差點鬧了一個笑話。

家裡的錄影帶迴帶機，外型是一台汽車，我想家裡又沒小孩，不需要玩具車，就準備臨走前，把它包進行李中，當成餽贈村裡小朋友的禮物。

本來我心裡還很得意，這台要插電才會跑的玩具車，他們一定愛死了。

有一天，我看完錄影帶不會倒帶，乃輝便親自示範。

「來，你看，就用這台機器。」

他把帶子放進去那台插電車子，帶子開始嗚嗚嗚地轉著。沒多久，錄影帶就可以從頭再看一次了。

「哦，知道了。」我裝出很受教的樣子。

還好乃輝沒發現，之前我誤把迴帶機當作玩具車。我只好故作輕鬆狀，掩飾自己是鄉巴姥的尷尬。

但也別笑我是鄉巴姥，因為論土包子的排名，絕對還有人排在我前面。

例如我媽媽，她就比我更誇張。

帶她去逛大超市，全程只見她雙口微張，露出不可思議的眼神。繁華的台灣，熱鬧的超市，五花八門的商品應有盡有。

媽媽的百貨公司之旅，更是笑果連連。

電扶梯還沒來，她就把腳抬得高高的，好像準備撲上去好好對付這個大怪物。

「拜託，媽，好多人在看。你是不是鄉下來的！」看到旁邊的人在竊笑，我有點不好意思。（幸好別人也聽不懂我對媽媽說的柬埔寨語）

「是啦，是啦！我就是會怕嘛！」媽媽她可一點也不在意別人的眼光。

想到自己剛來台灣時，對於各種有電的東西，不也一樣鬧出各種笑話。

換燈泡時，總覺得它會突然爆炸；開瓦斯時，覺得火會噴到臉上而毀容。我的心情，媽媽現在總該了解了吧！

最好笑的還是這件事。

剛來台灣時，因為覺得冰箱好用，什麼瓶瓶罐罐都想拿進去冰。後來媽媽來台灣玩時，也是一樣。

有一天，乃輝在廚房裡大叫：

「強娜威！」

「什麼事啦？」

「你幹什麼把這個冰在冰箱裡？」

「什麼東西？」我走過去一探究竟。

竟然是一瓶殺蟲劑，好端端地冰在冷凍庫。

「不是我啦！」我當場否認。

我去問媽媽，但她也堅決說她沒有。

我和乃輝互看一眼，然後一起笑了出來。我們心裡想的事，很難得像現在這麼契合：

「不是你，還會有誰？」

大自然的奧秘

我是外籍新娘，乃輝是身障，這樣的家庭，即使我們都已經有了兒女，卻還是要常常忍受很多閒言閒語。

有些話，他們不只是偷偷摸摸的講，甚至有人當著我或我與乃輝的面講。

我中文不好時，還能假裝聽不懂，避開那些已經算是性騷擾的言語。但是當我中文好一點時，這些尖銳的言語就難以閃避了。

很多人質疑乃輝到底「行嗎」？懷疑我們是不是真的夫妻？這是對殘障者與外籍配偶的歧視。外表正常的男人，照樣也有「不行」的，這種事可以看外表的嗎？

❤

我與乃輝的「洞房花燭夜」，至今我依然記得。

喜宴當天，他看起來很開心，滿場穿梭，從婚禮的排場與出席賓客的穿著，我也發現他應該不是個普通人。

那一天，他忙得沒時間待在我身邊，我因此當了一整天的「啞巴新娘」。（這部台灣連續劇，我在柬埔寨就看過。）

喜宴後，他和朋友留在已預定的來來飯店（現在的喜來登）大房間裡清點禮金，他高亢依舊，我卻顯得很落寞，只想回到一個熟悉的地方。

我是很認家的，不習慣變換房間；另外我也不敢住那麼大、那麼豪華的房間，覺得沒有安全感。

於是，我趁乃輝不注意時，拜託他弟弟送我回家，他弟弟竟然也答應了。最好玩的是，婚宴都結束了，乃輝還忙著招呼賓客，好像也沒發現新娘「失蹤」了。

❤

一個人進到家裡，鬧哄哄的感覺一下子沉澱下來。

進房後，我一個人對著鏡子，慢慢地把頭上的花、髮飾一一拆下來，再把臉上厚厚的粉和顏色洗掉。

一個人躺在床上，瞪著周遭生平從未看過的各種電器，逐漸地入睡了。

乃輝和他的朋友兩人，真的就這樣一起在飯店的大房間裡過了一夜。洞房花燭夜裡，他的身旁竟不是新娘子。

接下來幾天，他白天都有忙不完的工作，晚上還要出去賣花，天亮回來時我早已進入夢鄉，做著一個沒有老鼠爬上身的美夢。

又過了幾天，我在這家裡都快窒息了，打開電視，雖然有一百多台，但每一台我都聽不懂在說什麼。

另外，我也聽膩了那台會嗡嗡作響的大冰箱。至於冰箱裡面有什麼可以吃的，放在什麼位置，我熟悉得勝過枕邊的這個陌生人。

從小到大，這是我第一次可以不必工作就有飯吃的日子，但我一點也不高興，只覺得生活很空白，沒事做，很像有錢人養在家裡的看門狗。

❤

從我在柬埔寨接受仲介的一千美元那一刻，我就已經有了心理準備，要在台灣建立一個屬於我們的家。

可是我真的不知道，乃輝是不是也準備好了？剛結婚時，他的生活作息與婚前完全一樣，只是家裡多了一個我。

如果乃輝只是需要一個照顧他生活作息的外籍傭人，我其實是可以很快就適任的。但我知道，他的身世其實比我還悽涼，從小就沒有父母家人的照顧，他也很渴望有一個屬於他自己的家。

我只感到我們要一起建好了這個家，但中間卻莫名其妙的多了一道牆。

我們語言不通，他的長相實在也很「偶像」（電視上說「偶像」就是嘔吐的對象），其實最重要的是我覺得他並不在乎我，每天忙著外面的工作與活動。

洞房花燭夜都過了好幾天，他還是不知道要怎麼開始，但我更不知道啊！

所以我們好像整天在家裡玩躲迷藏，他進一步，我退一步。他往左，我靠右。他睡覺，我看電視。他一碰到我，我就不自在。

終於，他也受不了我在床笫間的冷漠，跑去向仲介告狀。他要仲介說清楚、講明白，是不是我在家鄉還有忘不了的情郎，不然怎麼連「碰」都不給他「碰」。

❤

仲介也很盡責的立刻派了在台灣的代表，來家裡對我「開導」。

隔天晚上，他「砰！」地一聲進門，說要我陪他喝酒。我嚇了一跳，難道仲介也「開導」過他了？

我不知是已經喝到醺醺然的邊緣，還是他一貫的歪歪扭扭使然，當我躺下來時，他走向床邊，他那孩子般毫不修飾、不遮掩的直視，還是讓我很不習慣。

不知為什麼，躺著時看到的與站著坐著時一樣，我眼中的他，依舊是彎曲的、顫微微的，怎麼扭也扭不直。

雖然在柬埔寨時，我從不曾醉到這樣。但我心裡還是很明白，憑他的體能狀況，只要我不是百分之百的配合，他永遠不可能和我成為真正的夫妻。

但是，打從拍婚紗的那一刻，我跟哭鬧的媽媽說完那句話，就認定他是我這一輩子的老公了。

❤

那一夜，我終於配合他了。但我知道，我是完全自願的。

成為我名符其實的老公後，他竟累得倒在我身旁睡熟了。

我起身關燈時，看著他孩子般的沉沉睡像，想到柬埔寨家裡那邊用的還是油燈，我這樣的決定，到底是賺了嫁妝，還是賠了青春？

我沒多想，關燈之前，桌上剛才我們喝剩下的半瓶酒，全被我喝了下去。

❤

其實不只是在台灣，我會遭受異樣的眼光，在柬埔寨，也有一次讓我很尷尬的場面。

茶餘飯後，一群人仍圍坐在我們家，閒閒地談笑著。

「娜威，你先生行動這樣，你們在一起要怎麼辦？」

突然間被鄰居的男性長輩問到這種私密的事，我有點錯愕，也就老實不客氣地回答：

「怎麼辦？就這樣辦啊！自然而然哪，不然我們怎麼生出小孩來？」

我覺得自己的語氣雖然還算平靜，但旁人或許都已能嗅出一絲火藥味，全場空氣立刻就凝結了。

瞥見旁邊的那些年輕男生，各個滿臉通紅，好像比我更尷尬。終於有個男生出面制止我們的對話：

「叔叔，拜託，你喝醉了是不是？怎麼可以問女生這種問題啊？」

尷尬的場面暫時告一段落。

想想也是，如果不是自然而然，這個世界要怎麼繁衍下去？

下次有機會，我一定會心平氣和地跟那個大叔說：

「叔叔，這是大自然的奧秘，你就別再問了。」

我的「成年禮物」

來台灣才兩個月，生理期就晚了兩個星期沒來，心情一直緊繃、焦躁。因為以前在柬埔寨，從來沒遇過這狀況。

醫生說是我有喜了。這是我來台灣的雙月紀念日。

一回到家，就在櫃子裡到處翻翻找找，希望能找到什麼類似家鄉味的東西。

雖然在台灣幾個月了，總覺得這裡的食物中看卻不對味，看起來十分美味，吃進嘴裡卻往往和期待有落差，不夠甜、不夠鹹也不夠辣，清清淡淡的。

就像乃輝每天清早必喝的「精力湯」，什麼蘆薈、苦瓜、蘋果加蔬菜，我一看就皺眉頭。

❤

台灣人普遍追求健康飲食，少鹽、少油、低糖，但我總覺得不對味。我認為喝精力湯只會拉肚子，而不是增加精力。在我們那兒，苦瓜比這裡的小多了，苦味也重些，所以絕對沒有人會拿來生吃。

台東的飲食差異還不只這些，像糖，我們那兒一般是吃棕櫚糖，蔗糖可是珍貴得很，每次有客人來或者家人生病，媽媽才會要我們去買個一、兩塊錢（台幣）蔗糖，以溫水泡了飲用。

終於翻到令我眼睛為之一亮的東西，是泡麵！這東西在我們那邊是很難得吃到的，只有大人生病才能煮來吃的。

當然，我們小孩子就利用幫忙煮的時候，總是偷偷剝一點屑屑來吃。

一看到泡麵，我就開心地打開來，一口接一口地乾吃。鹹鹹脆脆的，很合我的味口。

台灣的食物我實在吃不慣，不夠鹹、不夠辣。只有泡麵，夠味！

但才吃沒幾口，乃輝就走過來，大聲喊著：

「那個不可以這樣吃！」

我嚇了一跳。

「一包泡麵而已，不給我吃就算了，那麼兇做什麼？」

我也氣得把麵往桌上一扔，就進房間去，把自己鎖在裡面。

他還在門外嗡嗡嗡地說些什麼。我沒有理他。

❤

隔天，他吃力地扛了兩箱泡麵回來。泡麵雖然不重，但他行動不便，扛起來爬樓梯還是很不容易。

他還特別請了中文家教跟我解釋，這兩箱泡麵不一樣，一箱是泡著吃的，一箱是可以乾吃的。他說我愛吃多少就吃多少，但為了肚子裡的寶寶，最好還是少吃。

原來他前一天氣急敗壞地喝斥，只是要告訴我，泡麵沒有人乾吃的，在台灣要吃乾的泡麵有另外一種。

所以，是我誤會他了。

❤

懷孕之後，我才有時間和空間慢慢想：「我到底愛不愛這個人？」我沒有答案，內心卻百感交集。

很多事情就是這樣，只能順其自然。我已經嫁給他了，我就會和他一起生活、一起生養孩子。或許，這孩子還沒出世，就已經為我們帶來好運勢。

懷孕時胃口不好，想喝以前去麥當勞喝過的可樂，可是我不會用中文說可樂，乃輝從我畫的「M」裡面知道要去麥當勞，就把汽水、紅茶、咖啡、濃湯等所有的飲料全買了回來讓我選。雖然語言不通，但我還是能感受到他的愛。

當有了這個共同的結晶，我們的關係就產生徹底的質變。他開始對我非常體貼，每次產檢一定陪伴在側。

超音波檢查知道是個女娃兒時，他高興得手舞足蹈。他說女孩子比較溫柔、體貼。

我們柬埔寨沒有重男輕女的觀念，有時反而還覺得女孩子好，因為可以做家事，也可以下田。但台灣人大多數不是這樣想，我可以想像這些外籍媳婦處境上的艱難。

❤

因為心疼我嚴重害喜，體重已經降到三十八公斤，所以他容許我吃一點懷鄉的口味，看我把芭樂、青芒果拿來沾鹽巴、辣椒吃，典型的柬式吃法，他也睜一隻眼、閉一隻眼。

體內的荷爾蒙改變，口味跟著變，當然心情也難免起伏。

情緒常常盪到谷底，擔心這個孩子生下來，自己太年輕照顧不來，更害怕她遺傳到爸爸的身體狀況。

或許是自己太年輕，雖然即將為人父母，但我並不像他那麼興奮。

沒想到醫生一聽我擔心會遺傳給小孩的說法，竟然哈哈大笑。他說乃輝不是天生如此，而是後天發燒造成的，所以根本不用擔心會遺傳。

♥

二〇〇一年一月七日，來台灣將滿一年之際，我和他的家多了一個小女娃兒。這是我十八歲成年的禮物。

醫生一把抓起她的兩隻腳，打一下屁股，她就開始哇哇大哭。這小東西好神奇，簡直和我能來台灣一樣不可思議。

她的頭髮好黑，根本不像我。

可別誤會了！我並非抱怨她不像我。她不像我反而好，我只是擔心她長得像柬埔寨人，在台灣會限制了她未來的發展。

♥

乃輝和我一樣，沒有長輩的壓力而事事享有自由。他沒有父母，所以沒有傳宗接代的壓力；我沒有公婆，所以可以做我自己。

但也因為沒有公婆，有了女兒之後，不但沒有時間坐月子，凡事還得自己來。不像我們柬埔寨，女人生產完，足足有三、四個月的時間，不能提重物，煮飯、家事都交由老公或是婆婆打理。產婦的頭要細心地包起來免得吹風受寒。

還有，柬埔寨的產婦要烤木炭三到四天，要做三溫暖；用紗龍包住頭，以藥草煮湯的熱氣悶，讓全身冒汗，等到沒有熱氣時，將藥水飲盡。將石頭烤熱，沖水降溫至七、八十度，用毛巾包裹敷在子宮區，直到石頭不熱為止。

總之，這段時間產婦備受寵愛，活像蜂王一般。

❤

不過怨歸怨，我還是當個台灣媳婦就好了。因為三十天我都受不了了，更別說是三、四個月。

一個星期不到，我就為了解悶，把孩子托給老公，請他坐在沙發上抱她，逗逗她，讓我可以出去散散步。

我的想法是，育兒是一件長期抗戰的事，要適度發洩，偶爾要對自己好一點。

這一點，乃輝還是很貼心的。

❤

在柬埔寨從小到大，記憶中只有經歷過一回輕微的地震。但在台灣，地震是常見災害，來台灣後也不時聽人們談起九二一，幸好那時我還沒來。

有一天，乃輝不在，家裡突然間搖晃起來。起初我還以為是自己頭暈。心想坐一會兒，等不暈了再站起來。

過一會兒，果然不暈了。沒多久，竟然又開始搖晃起來，而且比上一次更劇烈。啊，有地震！我終於意識到發生什麼事，原來不是頭暈，而是令台灣人聞之色變的天然災害。

我從沙發上彈了起來，一下子不知道該抓什麼，是要先去關瓦斯，還是先找地方躲呢？我一時之間也沒了主意，四處亂竄，整個人慌了手腳。

突然間，我想到我的寶寶還在房裡睡覺，我應該先去抱孩子才是呀！

新手媽咪，連自己的寶寶都忘記了。要是被乃輝知道了，鐵定把我嘲笑一番。

原來「天堂」裡也會地震，幸福的生活裡，還是有些讓我難以逆料的狀況。所以，對現有的日子，一定要更珍惜。

落跑新娘

有記者說我是全台灣最「有名」的外籍新娘，但這個「名」讓我添了許多麻煩，因為我會有「名」，是新聞媒體在一次誤會中，把我封為「落跑新娘」。

懷孕之後，我跟乃輝的關係又進了一層。不知是不是害喜會讓一個人更想家？那時來台灣才兩個月，就想念柬埔寨的家人想到快瘋了。

我也沒想到，乃輝竟然願意讓剛結婚的我，花這麼多錢回娘家一趟，還很快幫我訂好了一張台柬來回機票。我的遭遇，羨煞了許多外籍新娘。

❤

但更令我訝異的是，飛機到了柬埔寨，我一出了關，迎接我的不是家人，而是當初在金邊的婚姻仲介商。

他們硬是把我的護照給扣押了。他們說：

「這樣做沒別的意思，等黃先生把尾款一千美元付了之後，我們就會把證件還給你。」

乃輝還欠他們一千美元？這到底怎麼回事？我想反正他們會跟乃輝協調吧！既然沒別的辦法，也就只好耐心等待了。

❤

但這樣等啊等的，等啊等的，等到我不得不開始胡思亂想起來。

萬一我真的回不去了，我就要在柬埔寨一個人把小孩生小來，而且孩子一出生就沒有爸爸，我和孩子都會成為別人嘲笑的對象。

終於，我從追到這裡的台灣媒體記者手中，接到了他的電話，他對我說：

「安啦！安啦！事情我都已經處理好了。」

那時我根本還不太會說中文，只能反覆的告訴他：

「我好想回台灣，可是我沒有辦法，因為護照在仲介商那裡。他們說要你趕快解決那件事。」

一方面我氣自己，沒辦法用中文完整表達；一方面我也氣他為什麼不早點付清仲介費，讓我懷孕了還要在這裡擔驚受怕。

說著說著，我的眼淚就撲溯撲溯掉了下來。

❤

在台灣的那兩個多月裡，跟電話那頭的那個人，已經有了家人一般的感情，我擔心從此失去「天堂」的一切。

這個事件，當時成了台灣社會版的頭條。後來幾乎變成了小說，出現過各種不同的故事版本。

大多數都說我是「落跑新娘」，這一去就不會再回來了。

比較不一樣的是，有人說我想以寶寶要脅乃輝，勒索更多錢。

也有的說是我想回台灣，但我的娘家那邊不放人。

甚至也有人說，這是仲介綁架勒贖。

我不懂為什麼有些人的頭腦會這麼複雜，這些事我連想都沒想過。

手上握著來回機票，一心想回來卻回不來。

我心裡很著急，肚子裡的寶寶一定也有同感。

❤

等事情告一段落，我與乃輝終於能坐下來，針對這件事好好「溝通」一下。

「你是怎麼搞的？讓我和寶寶擔驚受怕，這樣你很開心嗎？」
「仲介根本就是坑人！為什麼我花那麼多錢，你娘家只拿到一千美金？」
「我本來就跟仲介說好，只要一千美金，他們也已經給我家人了，這樣你還要怎麼樣？」
「仲介是在獲取暴利，他們要收我五十萬台幣（相當於一萬五千一百美金），你家卻只拿到一千美金，所以我不再付那一千美金尾款。」
「難道在你眼中，我和寶寶不值一千美金？」
「你不要曲解我的意思，我是說……」
「你不用解釋，你這樣讓人家很難做事情，做生意不就是這麼回事嗎？」
「可是我付了五十萬元台幣，為什麼你家人只拿到一千美金？」
「仲介就是這樣，不是嗎？這道理連我都懂！」

❤

那時我的中文還不很流利，這一番溝通也是在顛顛倒倒，翻來覆去當中進行的。
仲介當初向男方保證「售後服務」，就是跑一個換一個，這就是高額仲介費的由來。例如，假設我真的適應不良落跑了，這當中的損失便是由仲介自行承擔。

我並不怪仲介，做生意不就是這樣嗎？
就像批發衣服一件成本一百元，你可以賣三百九，那是你的本領。
如果你覺得生意不好，要賣兩百五或三百五，薄利多銷，那也是你的事。
甚至你要賠本賣九十九元，還是四十九元來換現金，都是可以的啊！

❤

但是他一直有個心結沒有解開，他很不平為什麼他花五十萬台幣，我的家人那邊卻只拿到一千元美金，所以鬧上了全國新聞版。

重點是，你如願娶到老婆，我的娘家拿到預期的聘金，我們都已經各取所需了，不是嗎？看來，我比他更有經商的頭腦。

這就是我被人冤枉成「落跑新娘」的經過。很多外籍新娘，因這件事而被連累，遭到台灣社會污名化。但外籍新娘的夫家與婚姻仲介商的問題，在經媒體揭露後，也引起了許多討論。

在我們家，乃輝與我就是在這樣的誤會與爭執中；慢慢學會溝通的，我想，「天堂」就是這樣一磚一瓦蓋起來的吧！

簡單的幸福

「乃輝終於完全好起來，像一個正常男人一樣，翩翩然向我走來。」
「從此，我們倆過著幸福快樂的日子。」
這個幸福的畫面，即使我來台灣這麼多年，女兒都上小學了，依然常入我夢中。
這個夢若能實現，只要三天，我真的只要三天就夠了。
雖然我的夢很難實現，但生活的經驗讓我知道：
有些幸福，只會在夢裡成真。
但是，許多真實的幸福，也不存在於夢中。

❤

「娜威啊！」
「幹嘛？」

「我要送花給你。」

「哼！生意不好，又有賣不完而且快枯萎的花是不是？」

我當然知道，乃輝絕不會花錢買花給我。但他還一臉無辜地解釋：

「人家好心送花給你，還被你嫌。」

我別過臉去偷笑，他更是笑得全身亂顫。

乃輝以賣花維生，通常只有賣剩的才有我的份，這一點我老早就看開了。別說什麼浪不浪漫，來自貧困農村的我，對花真的一點感覺也沒有。送我花，不如折算成可以吃、可以用的東西，還比較實際些。

❤

剛來台灣時，他顧念我思鄉，剛巧他那本《心向太陽》的書在海外大暢銷、第一次應邀到東南亞巡迴演講，回台時就替我買了辣椒乾、胡椒粉和蝦醬，這是印象中他送我的第一份禮物。

那些調味料其實都不是柬埔寨生產的，很多台灣人會把東南亞的不同國家，都想像成同一個國家，他那時可能也是這樣想。

然而調味料的口味雖不道地，我卻吃得出他濃郁的情意。

對他來說，幸福可能只是在日常生活當中，每天有人幫他穿襪子、扣釦子；還有不論寒暑，回家時有一碗熱湯可以喝就心滿意足了。

但是，我相信他一定記得，生平第一次有人記得他，會為他特別挑選專屬於他的禮物。

他從小被父母棄養，與家人的感情都很冷漠。我雖出身於貧困的國度，但家庭卻是完整的，所以對送禮這件事很講究。

我第一次從柬埔寨探親回來，就替他買了褲子和襯衫。

「哇！你怎麼會送我禮物，真的沒想到，真的謝謝你！」

他很驚訝我會送禮物給他，而且還知道他的尺寸，比他在外面訂做的還合身。開玩笑，別人的我都目測得很準了，有肌膚之親的老公，還能不準嗎？

❤

他怪我回柬埔寨時亂花錢，買了一大堆禮物給親朋好友，我覺得他可能也嫉妒我都沒有買給他吧？所以就這樣想：

「好吧！那我也送你禮物，這樣你就沒話說了吧！」

他穿著我買給他的衣服，逢人就炫耀：

「這是我老婆買給我的。」

別人大概也搞不懂，他為什麼這麼高興吧？不過看到他這麼高興，我也對自己的決定感到欣慰。

❤

能在對方的需要上，發現自己的重要，這應該也是婚姻幸福的祕訣之一吧？

對我來說，幸福就是存在於日常生活當中。不是故意在人前裝恩愛，而是一切順其自然。

如果他跟我說，他需要一杯水，我一定樂意為他服務。

有時貼心只是順手，看他穿鞋不順，就遞給他一支鞋把。

以前他要求我替他燙衣服，而且一次要燙好幾件。我說我們以前在柬埔寨，根本沒人穿燙過的衣服。後來，他也不要求我燙衣服了。

雖然不燙衣服了，但我還是會刻意挑選不用燙也不易皺的料子。

❤

有人說男人是吃軟不吃硬，這樣看來，日本和韓國女人最能抓住男人的心囉！她們服侍男人無微不至。

其實我常感到很對不起乃輝，因為我常忘記他是身障，或者說根本沒有把他當成是身障人士。

但他自己也很討厭人家把他當成身障，所以，也讓我的粗枝大葉，有了合理的藉口。

家人之間的幸福是隨手可得的，是自然而然的。

以前回柬埔寨，總是在想爸媽需要什麼；現在回去，會顧慮乃輝的需求，會不自覺地想保護他，或是隨時注意有什麼東西是可以帶回去給他用的。

❤

我跟台灣的很多中老年人一樣，因為家庭貧困，根本找不出任何童年時的照片。

女兒出生後，我喜歡用影像記錄她的成長。從底片相機進步到數位相機，她一直是我的最佳模特兒。

從影像中看見她的成長，是一種幸福。

這些影像紀錄，不僅是未來的最佳回憶錄，同時在她身上，我也看見自己成長的缺憾獲得了彌補。

她現在大一點了，有時換她來幫我拍，拍照成了我們母女間的親子活動。

❤

女兒常開玩笑地說：

「媽咪，我叫你姊姊好不好？」

第一次聽到時，我的心底湧出一股幸福的暖流。

但再聽到時，我的感動依然不減。

我們母女倆一起走在路上，常被誤以為我是她是阿姨或姊姊。

有一次在市場，蔬果店的老闆問她：

「妹妹，這是你姊姊嗎？」她只是害羞地笑，不回答。

我替她說不是，是媽媽。

「啊，是你媽媽？你媽媽好年輕哦！」

她邊點頭邊笑。連旁邊的客人也在看，就搭腔：

「真的哦？你媽媽這麼年輕哦？」

她回家就跟我說：

「媽咪，下次有人問我，你是我媽媽還是姊姊，我就說你是我姊姊，好不好？」

但再次遇到同樣的情況，她又笑而不答。

能有一個貼心的女兒，是人生的一大幸福。

❤

有時，把家裡打掃得很乾淨，放個柬埔寨音樂來聽，這樣，就有一種簡單的滿足和幸福感。

雨天或刮颱風時，一家人聚在屋子裡，煮餐飯菜、泡個茶，再放個柬埔寨影片來看，很溫暖、很安心。

在柬埔寨時，從不曾感到這些歌有多好聽，也不曾感到這些電影有多好看。然而在台灣，一樣的歌、一樣的電影，卻讓我體驗到了「天堂」般的生活。

任憑外面風大雨大，內心的幸福感，卻是吹也吹不走的。

包容與學習

剛來台灣時，有一天出於好奇，也是好玩，就在夜市的攤販那裡撈到幾條魚，多數體質不良，沒兩天就死了。

不過，還是有幾尾怎麼也不死，命是異常堅韌，但好像也只是在那裡白耗糧食。原來「魚」生就與人生一樣，有的長命百歲，有的英年早逝。棺材裡躺的是死人，卻不一定是老人。

❤

如果有人問我，你說台灣是天堂，那天堂裡有什麼讓你覺得不如柬埔寨的，我想大概就是喪禮吧！

記得在柬埔寨時，村子隔壁有一個阿姨，年紀輕輕就離開人世，她走時大家都忍不住哭泣。

和台灣喪禮日夜誦經不同的是，柬埔寨喪禮往往只是播放傷感的音樂，斷斷續續唱著：

「生命無常……

我的頭髮不要那麼快白，

牙齒不要那麼快掉……」

那些歌詞，總要把我含在眼眶的眼淚都逼了出來才罷休。

比較不同的是出殯那天，村子裡的人都來幫忙抬棺材，有人打鼓，咚咚咚地直敲進心坎裡去。

想到她還那麼年輕，很多原本不想哭的人，這時也都要掉下淚來。

我原本還以為，在台灣喪禮上播放的音樂，只有我這個外地人聽不懂；後來住久了以後，加上問了人才知道，原來大多數台灣人自己也聽不懂。

另外台灣的喪禮都是包給葬儀社在做，參加的人又聽不懂，也沒參與感，所以悲痛的感覺就少了很多吧！

❤

乃輝每晚都賣花賣到很晚才回家，每當他熟睡時，看著枕邊這個人的臉龐，年過四十卻仍稚氣洋溢，心裡不禁油然生出一股憐愛之情。

我是在學會了中文後，才從他的自傳《心向太陽》裡，知道了他成長過程的種種辛酸。

他從小雙肢軟弱無力，十歲了還不會走路，只能在泥土地上爬，被其他小孩戲謔是狗、是白痴。

他從小就被迫與生母分離，父親再婚卻不願帶著他，被棄養後由奶奶獨力撫養長大。

他由於缺乏母愛，經常思念生母，就像一個長不大的孩子一樣，成天坐在小小籐椅中，抱著「大同寶寶」排遣沒有玩伴的寂寞，內心深處始終渴望被母親疼愛。

無意間，我闖入了他的生命，成了那個填補空缺的母親人選。

偏偏我自己也才二十歲不到，我也只是個大孩子呀！

❤

剛來台灣，他就帶我進入加護病房，探視他病危的生母。那是我第一次拜見高堂，然而沒有得到回禮。

第二次見面，他的母親已經過世。

難道我命中帶煞不成？剛嫁過來就碰上他母親過世。

沒有人責怪我，但我卻不禁產生這種聯想，會不會是我將厄運帶入這個家？

本以為我一到台灣來，是要出席人生大喜的婚宴；不料竟要我在死別的場景上，扮演一個孝媳。

❤

從小到大，我不曾第一線接觸喪葬場面，向來都有父母親擋在前面，這是第一次必須與亡者面對面守靈，雖然乃輝與他弟弟都在，但偌大的空間裡彷彿只有我和她。

看著她冰冷慘白的身體，我禁不住大哭一場，混雜了所有的委曲和情緒。

他的兩個弟弟都詫異地看著我，其中一個趨前關心地探問：

「大嫂，你還好吧？」

「對啊！我都沒哭了，你是在哭什麼？」另一個弟弟補上這句。

被他們這樣幾近打趣地一問，我哭得更加忘情，像一個孩子手上的糖被人搶走似的。

他們三個男子漢，都是她懷胎生下的，結果誰也沒有掉下一滴淚，反而是我這新媳婦在哭，他們都大惑不解。

那一次其實我是在替乃輝哭，也是在為我自己的命運哭。

「遠在柬埔寨的母親啊！我好想念你。」

在異地的我，也好需要母親的擁抱和疼惜。我想到如果有一天，親愛的母親萬一走了，我在遙遠的他鄉，絕不可能見她最後一面，在這裡我連電話也不會打，我的思念、悼念之情要往哪裡去……

想到這裡，我哭得更大聲，就算是那些請來代哭的孝女白琴，哭得好像也沒我傷心。

❤

我認為每個人最好都要虛心的去看待不同的文化，這是我覺得在台灣所學到最有用的道理。

結婚後第一次回娘家，有點沈浸在衣錦還鄉榮耀中的我，突然有一天被挑釁般地問到一個問題，令我大為光火。

「娜威啊！你嫁給那個台灣人，怎麼現在連一條金子都沒有？」

那人一面說，一面還用眼睛將我上下打量著。當時我還年輕，思想也不成熟，就立刻想說：

「好啊！你想看黃金嗎？就讓你看個夠。」

原來我早已有了萬全的預備，很多行頭我早已打包在行李當中，我要讓你知道我不是沒有，而是我不想太招搖，惹來麻煩和危險。

❤

為了賭一口氣，逮到廟會的機會，我把所有的黃金都戴在身上，手環、項鍊、耳環樣樣都有，就這樣大搖大擺地遊街一週。

不到兩小時，我有點後悔了，一身的黃金又被我全部摘光。

這就是我們柬埔寨人的想法，什麼珍珠、瑪瑙、鑽石他們都不管，只在乎有沒有黃金。甚至有些人炫耀財富到把黃金做成腳鍊戴在腳踝。

我很不喜歡這種行為，對我而言，黃金一直是很尊貴的表徵，而腳是踩在泥土地上走路的，把黃金戴在腳上，好像不把黃金當一回事，這是標準的暴發戶心態。

我告訴自己，不管自己多有錢，絕不墮落到把黃金戴在腳上，只為了炫耀，彷彿自己尊貴到對黃金也不以為然。

❤

我總是希望，人們再面對不同文化時，都應該存著包容與學習的心。

有些台灣人搞不清楚紗龍在東南亞一帶的用處，買回來後就把紗龍掛在牆壁上，甚至鋪在桌上變成裝飾品，就像把貼身衣服買來當桌布一樣不雅。

與那些將黃金綁在腳上的柬埔寨人一樣，都是沒有把東西用在對的地方。

我很慶幸能生活在台灣，不同文化的刺激，讓我對事能有了寬闊的視野，對人也有了更細膩的關心。

禮輕情意重

結婚多年後，我與乃輝終於有了個約定：

「我們不要為小事吵架。」

偏偏在我們家裡，很少發生小事，每一件都是大事。

例如有一次為了拜拜的水果，我們就大吵了一架，而且吵出了我的「強」氏生活哲學。

❤

我請他去幫我買拜拜用的水果，本來想叫他去超市買，但想到他行動不便，要走樓梯，還要提水果，就打消念頭，請他到市場去隨便挑一點就好。

結果他一買回來，我看了就忍不住「電」他一下：

「黃乃輝！你看你買的是什麼？香蕉綠綠的，葡萄也不新鮮！」

「你明知我行動不便，還叫我去買水果，買回來還要被你罵。下次不幫你了！」

「拜託！如果香蕉不夠好，你就不能買哈蜜瓜、水蜜桃，或其他新鮮、品質好一點的水果嗎？」

「好啊！你厲害，你自己去買，看你在那邊有什麼水果可以挑？」

因為他這句話，隔天我就真的到店裡去，買漂亮的香蕉、漂亮的葡萄，一共買了五、六樣，全洗乾淨，往桌上一擺。

他從外面回家，一看就知道我是故意的，於是不敢說話了。但我乘勝追擊說：

「你不是說買不到漂亮、新鮮的嗎？你看我花四百元，就買到這麼多。」

他聽了還是什麼都不敢說，只有默默地在那裡，用很無辜眼神，等我去幫他脫掉外套。

❤

去水果批發店，有那麼多讓他挑，他就只挑便宜的。

一斤五十新鮮的，和一斤三十五不新鮮的，他一定買一斤三十五的。

我不是堅持一定要買貴的，但我一定不買醜的。因為買一斤三十五的，回來要切掉一半，而且要硬湊到三斤，吃的時候還要擔心有蟲；我買好的，只買一斤就夠吃了，而且新鮮香甜，吃得又開心。

像櫻桃貴，他不敢買，但我敢，因為假如一斤一百，你可以不要買到一斤，你買個二十元不行嗎？

換個角度看事情，人生不見得只有貴和俗兩種選擇。買貴、買好而不買多，不也一樣是省錢？

❤

他常怪我亂花錢，卻不知我都是花在刀口上。

衣服、化妝品，我都不是胡亂逛、胡亂買，是有需要才買，或者買一送一才買。

回鄉送禮這件事，也是一樣。

❤

為了送禮物給這些鄉親，我的行囊足足有七十公斤重也無怨無悔。腳蹬高跟鞋，又提又背又拖。下了飛機坐車以外，還要走一大段路，才能搭渡船。這一路下來，吸引不少好奇的目光。

村子裡的鄉親很多都已經結婚了，因為不知道要送什麼，所以我帶了不少內衣讓她們挑。實用又耐穿，我知道她們會很珍惜。

早在半年前，我就已經開始張羅，按對象的年紀去挑選內衣的款式和尺寸，累積到三十件、五十件，就一次帶回去送人。

❤

我以前在柬埔寨想買內衣，痛苦的經驗讓我很難忘。一件內衣要賣二十幾元（台幣），我想殺價到二十元，他卻不賣我，我就一直在那裡翻呀、看呀、摸呀、拉的，後來終於放棄不買。所以我知道柬埔寨的女人，雖然都想穿內衣，卻普遍捨不得買。送禮不在乎貴重，乃是在乎情意，所以我很花心思，希望讓收到禮物的人都很開心。

❤

乃輝覺得內衣七件兩百元，買五十件還得了！再來，他覺得我送東西給人，人家會習慣，把我們當成散財童子。他看我一直在挑、一直在送，也不管我在挑什麼、怎麼送，就以為我花很多錢，對來者人人有禮。

他不明白那是我的心意，最重要的是我並非每個來者都送，是親戚但不親，我不會給；雖然是鄰居，但見她生活清苦，我也會給。

❤

有時候，我跟媽媽說，我送你一件紗龍，你去挑，她就好高興，挑得很起勁。紗龍是柬埔寨已婚婦女每天都會穿的，所以很實用。

以前看過媽媽買紗龍，知道她很想買，見人家騎腳踏車叫賣經過時，她就叫住人家停下來讓她挑。

一旦看中的款式太貴，她一直跟老闆殺價，後來五十元成交，她只付得出三十元，另外二十元還要先欠著。

花五十元能讓媽媽這麼開心，我就很滿足了。

❤

其實這種送禮智慧，我也是跟台灣人學的。

客人到別人家裡，會順手帶個甜點、水果，而不會粗俗的在紅包裡裝錢。

乃輝從小沒有家，也不曾為家人挑過禮物，所以送禮收禮，都只會看東西貴不貴而已。

以前每年他會用一張卡片，裝上一元硬幣，說這叫「一元復始、萬象更新」，然後不分親疏的「人人有獎」。

但我卻不同，我只用二、三十元，買一些收禮者「專用」的禮物，而且我只送我認為需要送的人。就像廣告上說的：

「送者大方，受者實惠。」

禮輕情意重這個道理，乃輝被我調教得慢慢懂了一點。

❤

不過，我對乃輝的有些做法，還是很佩服的。

我與乃輝回柬埔寨娘家時，他沒開始吃，其他人也都不敢吃。我看過有些台灣男人就以這種事做為炫燿，回台灣後還一直掛在嘴上。

但是乃輝在這種事上就不會這麼無禮，他一定會先請我的父母動手。我也真的想對乃輝說：

「他們尊敬你，不只是因為你在經濟上幫助了他們，而是他們相信，你會永遠愛我的。」

越吵越往中間靠近

婚姻中最大的殺手不是吵架，而是已經不想吵架了。

有人說：「吵架會拉開彼此的距離。」

我倒是樂觀地認為，吵架時彼此心意相通，連語言都不是問題。生活經驗告訴我：

「越吵，我們就越往中間靠近。」

♥

在柬埔寨農村裡，電視是奢侈品，是生活溫飽之外的非必需品。但是在聲光娛樂缺乏的鄉下，卻是追求快樂的必備品。

有一次到阿姨家看電視，回家時媽媽就罵我：

「好！如果你那麼不喜歡念書，就不要去上學好了！」

我是長女，從小就明白家裡的經濟狀況，反正遲早是會失學的，那麼就從明天開始吧！

第二天起，我就不去學校了。

幾天之後，老師要同學來家裡問，為什麼我沒有去上學。

然後，天氣乾旱了起來，田裡需要幫手，我就下田幫忙。久了，就再也不好意思回學校了。

就這樣，小學四年級起，我失學了。

❤

所以，我的柬文不怎麼好。

剛來台灣時，中文不只是不好，是根本不懂。我只用一句「這是什麼？」就開始「走江湖」。

漸漸地，上街我也開始看懂招牌了。

那是修改衣服的，那是賣早餐的，那是……，五顏六色全都依偎在那棟大樓邊。

只是，巷子口那一家的廣告看板從左看或從右看，怎麼都有點兒類似？

到底是「榔檳婆婆」，還是「婆婆檳榔」？

女兒還小時，我走在街上，聞到車輪餅濃濃的奶油香，很想買給她吃。我說：

「老闆，來一份！」

「要什麼口味？」

「有什麼口味？」

「招牌上有，你自己看。」

這可難倒我了。我只看得懂「巧克力」和「奶油」，其它還有一整排的口味選擇，但到底寫的是什麼？我看不懂啊！

那時有一種感覺，就是在台灣，看不懂字搞不好就買不到吃的。

後來漸漸看懂了「花生」，又後來看懂了「綠豆」、「紅豆」。

有些事情懂了比較好；有些事情，不懂反而開心。

因為懂了，所以開始聽見不同的聲音。有人覺得乃輝娶像我這麼年輕的妻子，懷疑我會跟他一輩子，還是只是跟他玩玩。

以前跟著他出去和朋友聚餐，默默在一旁當陪客，聽不懂他們聊些什麼，只是開心地吃著各種美食。後來才知道，他們無意間會聊我的事。

原來，無知也是一種快樂。

♥

我不諱言，我的中文會進步，都是和他吵架吵出來的。人在生氣時，話就多了，講多了也就順了。

我和他都很直，藏不住話。

他說我口才好。

我說我的口才會好，還不是要感謝你。你幫我報名參加那麼多演講、寫作比賽，所以我學到很多。

♥

我們柬埔寨的俗語說：「幫別人洗澡前，先把自己洗乾淨。」用台灣能懂的話來說，就是刮別人鬍子前，先把自己的刮乾淨。

每次他聽到我引用電視學來的俗語、流行語，尤其是我最愛利菁、陶晶瑩、于美人等那些美麗女主持人的「毒舌派」，一開口，他就辭窮。過一會兒，他才說：

「你現在翅膀硬了哦？」

我告訴他：「我本來不想飛，也沒有翅膀，是你叫我飛的。我雖然怕，也只好慢慢飛，現在我翅膀變大了，也是你給我的。」

我深知：他始終有不安全感，怕我翅膀硬了就飛走了。

❤

吵架讓我們更知道對方的需要，也讓我們從意見的兩端向中間靠近。

我甩門衝進房蓋棉被，他一把掀開，我大叫「泰給」（柬文裡「幹什麼」的意思，是一種不禮貌的口氣）時，他看我的表情和口氣，一切就都懂了。

有時我雖然不能完全聽懂他在說什麼，但是看他全身發抖，我也知道是在罵我。

他叫我「娜威」時，我知道一切正常；他叫我「強娜威」時，我就知道他今天心情不太好。

同樣的我叫他「乃輝」時，他知道我們倆此刻很甜蜜；但我如果直接叫「黃乃輝」時，他就知道自己有麻煩了。

幾次交手下來，我們對彼此有了更深的瞭解，他知道我是那種會「一哭二鬧三上吊」的女生，我也發現他最拿手的就是誠懇地道歉認錯。

❤

我也知道，要討好他很簡單，只要煮飯時別忘了煮湯就好了。

我在逛夜市，他打電話來，不用說我也知道，他想吃冰，我也知道他喜歡哪一種口味。

他回來晚了，打電話問我要不要吃東西，我不用說，他也知道要買肯德雞二號餐，他知道那一陣子什麼最合我的胃口。

❤

越吵，我們就越往中間靠近。

我開始愛上台菜，以前覺得台灣的刨冰不甜，因為我娘家是製糖的，刨冰奇甜無比，現在回去柬埔寨，就覺得那邊的冰太甜了。

他以前不敢吃辣，現在被我訓練得越吃越辣，到外地去工作，回來一定帶當地的辣椒醬給我。

一點點的溫柔，對我來說，就夠了。

明天煮飯，他也一定有湯可以喝的。

小氣夫妻

我很小就失學，柬文不好，中文也還在學習中。

所以，我根本不懂什麼詩詞，但是這句「貧賤夫妻百事哀」，連讀小一的女兒也會背。

經過乃輝的解釋，我大概知道了這句詩是什麼意思。

於是有一天，我心情大好，詩性大發，覺得我和乃輝之間，也有一句自創詩詞足以形容。那就是：

「小氣夫妻苦中樂」。

❤

聽新聞說，台灣的自殺率超高，在世界和亞洲都上了排行榜。

我想，這都是因為台灣有些人「櫻櫻美代子」（這是我從電視裡學來的，是說一個人閒閒沒事幹）吧！所以比較容易會這樣想。

另外台灣失業率高，生活緊張，競爭壓力也大，這些也都可能是原因。

在柬埔寨，我們每天從早忙到晚，就只為了填飽肚子。雖然窮苦，卻從不知自殺為何物。

但在台灣，連我這個看似樂觀的人，也會不知不覺產生這些不好的念頭。

所以，每次只要心情一不好，難免也會想到「自殺」這件事。

♥

剛來台灣時，是我與乃輝的「比手劃腳」期，語言不通，每天和一個陌生人生活在一起，感覺到了從前在柬埔寨從未有的壓抑。

偏偏那一陣子，他又經常往外跑，剛進入婚姻生活的我又愛吃醋，知道他半夜和酒店的公關小姐去拜拜，忍不住就大發雷霆。

在柬埔寨，拜神一定都是在白天，怎麼會有人在三更半夜去拜神的？

所以，只要他一進門，我就準備好了一種臉色給他看。

他一看到我的臭臉，火氣也來了，開始對我碎碎唸。

終於，把我逼到了爆發點，我索性翻抽屜找繩子。

他站在一旁看我在耍什麼花招。我閃過他，直接衝向陽台。

我很熟練的綁繩子，想要上吊自我了斷。

❤

聽說上吊死會很醜。但我的繩子是朝內綁，因為我還不確定，是不是就要死在此時此刻。然而繩子已經拿了，虛晃一招豈不表示我示弱了嗎？

那時他還摸不清我的脾氣，搞不清楚我是認真的，還是鬧著玩的（其實我自己也搞不清），急得趕緊拿剪刀來剪斷繩子。然後不斷地道歉、賠不是。

他一再解釋說他不是花心，只是想和酒店的公關小姐打好關係，因為他賣花都要靠酒店裡的小姐們幫忙，才有機會做成生意。

另外他也解釋說有些廟宇，就是要深夜去拜拜，要我不信可以去問別人。

這時我也想到了柬埔寨的家人，我還想活著回去見他們，也就不再堅持尋短了。

❤

懷孕那段時間，我沒有酸的食物可以解鄉愁，「乾醋」倒是吃了不少，常常為了外面不知名的女生吃醋。

每次想到我還未滿十八歲，就離鄉背井嫁給他，為他犧牲這麼多，他卻不多疼我，還把我冷落在家。不想不氣，越想就越氣。

上吊都試過了，後來隨便拿起桌上瓶瓶罐罐裡的東西來吞，也就不足為奇了。

不過，他這個人應該也是心地善良。

通常我們擺在餐桌上的東西，都是可吃的。但他也不管我吞的是維他命，還是糖果，都一概緊張地衝過來搶，而且趕緊道歉，跟我好說歹說。

❤

兩個人在一起久了，熟了，手法如果不加重，他大概也不當一回事。

當然，吵得轟轟烈烈，不表示理由同樣偉大。

有一次就只是為了一碗湯，不過就是一碗湯。我心裡想今天天氣這麼熱，就不要再煮熱湯了吧！

可是上了桌，他一看沒湯，心裡有氣。開始和我唇槍舌戰。

結論是他覺得他只是要一碗湯，我都做不到；但對我來說，也覺得很委屈。有飯有菜，只是沒有湯，你吃飯吃菜就好了，為什麼要為了一碗湯而碎碎唸。我問他：

「你這麼在乎湯，那麼下次我能不能只煮湯就好，不要有飯也不要有菜？」

他卻曲解我的意思，認為我逼他選擇下次如果湯了喝，就沒有飯菜可以吃。

我說我不是這個意思，我要他把話收回。因為我只是想說：

「今天沒喝到湯就算了，反正也有飯有菜。」

我這個人就是這樣，最討厭別人誤會我，問題已經挑出來了，如果不把話說清楚，絕不善罷干休。

他覺得我在跟他頂嘴，他是這個家的男主人，我憑什麼這樣跟他說話？

他說我違反了公約。

我說就憑我是你的老婆！在外面別人把你侍候得好好的，但我是你的老婆，是一輩子的，在外面是假象，不是長久的。你現在是不是把我當外傭？只想吃完，洗洗手、拍拍屁股就走人？

所以，你也違反了公約。

他一直否認說他沒有把我當外傭。但我氣得大哭，用手打地板。

他嚇壞了，拿起電話就打。

我以為他要求救，原來只是要取消與別人的約會，說他不能出門。

❤

還有一次，他怪我常跟一些柬埔寨朋友出去玩，兩個人一言不合，又吵了起來。

會引起爭吵的原因，是他說都是我朋友把我帶壞的，我聽到他無緣無故牽扯上我的朋友，一把怒火就湧了上來。我說：

「你覺得我做錯了，你罵我沒關係，反正我也感覺自己做的不對；但你不該罵我的朋友，因為不是我朋友帶壞我，是我自己想跟她們去玩的。」

什麼叫做「帶壞」？我認為帶壞是說如果我不想去玩，我朋友卻到家裡來硬把我拖走，這才叫做「把我帶壞」，但我是自己想跟他們出去玩的，所以是我自己想「壞」的。

偏偏他不認同。他說如果沒有我那些朋友，我怎麼會知道有那家店？

兩個人於是開始「說文解字」，外加邏輯辯證。

事後回想，當時我會這麼生氣，也許就是文化差異吧！

乃輝一定是疼我，所以不敢罵我，轉而罵我的朋友，藉以表達他的憤怒。但我的想法卻剛好相反，我是覺得你可以罵我，但你不能罵我的朋友。

❤

吵到最後，他連「離婚」都說出口了。我氣得說：

「好啊！如果要離婚，也是你走，不是我走，這個家我也有貢獻。」

我把他推出去，把女兒留在屋裡，又開始翻櫃子。找到一包烤肉用剩的炭，電視不都是這樣演嗎？燒炭自殺。

屋子開始冒煙。聽說燒炭而死的人會很美，這次應該沒問題了吧？

我聽到他在門外用力拍門，不斷地求我，說女兒是無辜的。我說你是一個狠心的爸爸，我才不要把女兒留給你。

他轉向女兒喊話，要女兒求我。

這時，我有點後悔了，因為萬一沒燒到我自己，反而讓整個大樓燒起來，乃輝要怎麼辦？

萬一鄰居要他賠錢，他怎麼賠得起？

萬一他想賣掉這間房子，死過人的鬼屋要怎麼賣？

就在這個時候，他和朋友從後面的玻璃門撞進來，著急得摔在我面前，像是卑躬屈膝向我誠摯地懺悔。

果然，接著他就輕聲細語地跟我道歉，還說以後再遇到這種事，他都會好好跟我講，畢竟我是外來的，年紀又比他小很多，他應該多體諒我一點的。

他這樣一說，我的心也軟了，想想自己很幼稚，或許我們真是「天生一對」吧！

這件事過後，有一次，我就跟他說：

「乃輝，你以後對我要更體貼一點喔！」

「為什麼？」

我說：「因為我幫你省了兩百萬。」

他聽不懂我在說什麼，我就繼續解釋：

「那一次我沒衝去跳樓，聽說跳樓死了，光請人家來收拾遺體，就要付兩百萬。而且我死在這裡，你的房子就不好賣了。你看，我連要死，都在幫你精打細算，你難道就不該體貼我一點嗎？」

乃輝沒回答，只是苦笑。

說我們是「貧賤夫妻」，不如說我們是「小氣夫妻」。臨死了都還要先計算一下會不會害到他。我們這樣的相處模式，不也是一種體貼嗎？

大男人的溫柔

乃輝，是我現在家裡的大男人。

哥哥，是我柬埔寨娘家的大男人。

大男人都很兇、很不講道理、沒耐心聽女人說話，但仔細觀察，卻也能找到一點難得的溫柔。

❤

十七歲嫁來台灣以前，我與大哥二哥雖然同住一個屋簷下，彼此卻很少交談。

爸媽不在，凡事都由大哥作主，所以我很怕他。

來台灣之前，我們兩兄妹的感情並不算好。

❤

有一次，大哥騎著腳踏車，我說我也要騎，不論我怎麼求他，他就是不給我騎。

還有一次，他在電魚，我在一旁看見魚在那裡跳啊跳地，就趕緊過去幫忙，結果被他的電棒電到。

他不但沒有安慰我，還罵我多管閒事，被電到活該。

不只是電魚會被他罵，連煮個魚也會挨他的罵。

他怪我一條魚一餐就煮完，不會分成兩餐，以後如果結婚要怎麼持家？

全世界的男人好像都是這樣，吃飯的時候就喜歡碎碎唸。

❤

來台灣後，在電話裡聽媽媽說，大哥因為我的決定，著急的掉下眼淚，而且天天罵她，為什麼讓我一個人去台灣，萬一被虐待或被賣去做不好的事怎麼辦？

當我第一次回柬埔寨探親時，坐快艇從湄公河而下，才走到一半，就看見大哥朝著我跑過來。

已經很久沒消沒息了，大哥早已認為我這個妹妹沒了，八成是被賣了。

沒想到還能再見面，他匆匆忙忙跑過來替我抬行李。我的眼淚忍不住一直掉，但還是別過頭去，我就是不要讓他看見我哭。

❤

回家鄉的第一個晚上，我失眠了。已經漸漸習慣台灣的生活了，故鄉的家顯得既熟悉又陌生。環顧四周，空間一點也不密閉，地板又有縫隙，沒有電、沒有燈，上廁所只能就著微弱的燭火。以前的感覺全都回來了，還擔心有「刺客」來行搶。

❤

爸爸安慰我安心睡，把我當個寶，因為我是從台灣回來的女兒。我和媽媽、弟弟、妹妹躺一排，媽媽知道我還在翻來覆去，問我怎麼了，我說沒有，很害怕所以睡不著。正濛濛睡去，突然間又有貓狗嚎叫，雞也在騷動，我整個人都警覺起來，是不是這些動物看到什麼了？弟弟要我別怕，有他在。我很慶幸弟弟尚未成家，有他在真好。

❤

來台灣後，雖然想家卻不知如何排遣，一直沒辦法打電話給他們，因為我家沒有電話這種「科技產品」。一年之後，村子裡才有第一個人裝了電話，我就打到他家去，由我這邊付電話費，我媽媽那邊也要付大約五十元（台幣）給主人。

從我家到那人家騎腳踏車要半小時，通常我會先打過去，約好時間，主人再騎車去通知我媽媽；或者恰好有我們附近鄰居講完了，主人就拜託他傳個話。所以媽媽付的這五十元不是電話費，而是叫人來聽電話的「走路工」。

大哥接到我從台灣打電話來的消息，就騎腳踏車把我媽媽載去接電話。我心疼他們天氣那麼熱，還要騎那麼遠的腳踏車，後來也幫家裡裝了一支電話。顧念他們挑水辛苦，又替家裡裝了一個抽水馬達；還買了一台黑白電視。

❤

二哥結婚時，我送給他一雙皮鞋，是他這輩子最體面的一雙鞋。

婚禮完畢，他馬上擦得亮亮的收起來，當個寶似的，逢年過節才捨得拿出來穿。

媽媽看他這樣寶貝愛鞋，忍不住虧他：

「家裡髒成這樣，也沒看你主動擦擦抹抹的，一雙鞋子你就那麼寶貝。這個家還比不上你妹妹送你的一雙鞋哦！」

其實媽媽自己還不也一樣，我帶回去的濕紙巾，已經用完了媽媽也捨不得把外盒丟棄，同樣當寶似地留著裝糖或檳榔。

看他們如此愛物惜物，我覺得送禮物給他們很值得，因為我知道他們會惜福。

♥

第二次回去時正好是柬埔寨的水節。

「水節」是每年的四月十三至十五日，相當於台灣的過年。象徵著雨季的結束、旱季的開始。

遇水則發！如果我哥哥懂得這一句台灣俗語，那一年他想必有這樣的體會。

因為我在金邊，幫家人買了一台摩托車。

♥

他一聽我說要替家裡買車，簡直不敢相信，直問說：

「真的？你真的要買車？」

「對呀！幹嘛騙你？」

「真的？要買摩托車？很貴的！」

「我們先不要告訴任何人，連媽媽也不要說。我們一起去挑！」媽媽當時正好三天三夜住在廟裡祈福。

♥

我與大哥去了金邊，在車行裡認真地挑選。

之後我們包了貨車，載著摩托車去轉渡輪，明明摩托車已經繫得很緊了，他還一路抱著車子，生怕一點碰撞。

最誇張的是明明買的是新車，根本不會髒，他卻用自己的衣服在擦拭，寶貝得不得了。

他用衣服擦車的樣子，就像乃輝在家裡守著女兒睡覺那樣，讓我見識到大男人的溫柔。

❤

從金邊到我家，除了搭車，還要換搭快艇。下了快艇，已經引起一陣不小的騷動。

有人好奇地一路跟著看，都在議論紛紛說，從湄公河那裡運來的摩托車，到底是誰的？好像是最新款的。

那時湄公河旁都是洗衣、洗澡、工作的人群，有些是和大哥年紀差不多的同伴，大家都露出羨慕的表情。

一問之下，才知道原來是我從台灣回來了。

認識不認識的，都跑來看看我，看看機車，又看看大哥。他們的表情好像在說，看我皮膚白白的，好像不是當地人，是從國外回來的。

到了村子，更多人跑來圍觀。

大哥開始試騎新車，後面有一條人龍跟著狂奔。

他一路騎到廟那邊，大家都嚇了一跳，連我媽媽也是。

我從小就不敢想自己會有這能力能讓別人開心，連腳踏車都買不起了，怎麼可能買機車？原來一台摩托車，可以讓哥哥這麼開心！

大哥為了報答我對家人的體貼，載著我四處兜風。逢人就說：「這是我妹妹，她從台灣回來了。」

他們就說：「啊，你妹妹回來了？你妹妹好不好？」

他馬上回答：「我妹妹她在台灣很好啊！台灣人都很好耶！」

天啊！在他們眼中，我變成「台灣人」了。還好，我的表現讓大家都很滿意，沒有讓台灣人丟臉。

二哥也很愛騎這台車。

有一次，他騎車載我去市場買菜時，遇見他的朋友。

「你來這裡做什麼？」朋友看二哥騎著摩托車，覺得很訝異。

「我載我妹來買菜。」我二哥說。

「這是你妹妹哦？我怎麼不知道你有一個妹妹？」

他朋友是因為那台摩托車，才覺得不對勁，因此問起我的一切。

看來，我可以說是沾了那台摩托車的光呢！

我剛來台灣時，雖然已經有了心理準備，要在台灣與乃輝建立一個家。但當時年紀還小，又是第一次離家，心裡總還是掛記著我柬埔寨那個貧困的娘家。

所以我很感激乃輝，剛結婚不久，他就幫我娘家蓋了一棟不再淹水的家，還幫他們接了抽水馬達與電話，雖然花的錢在台灣可能連蓋一間廁所都不夠，但他願意保護我的家人像保護我這樣，讓我能安心的在台灣生活，我對他是很感激的。

當然，我也要感謝我的大哥、二哥與小弟。在柬埔寨，結了婚的女兒對父母依然有奉養責任。我一個人生活在像是「天堂」的台灣，他們卻幫我在柬埔寨盡了為人子女的責任。

我送他們的，就只是那台摩托車與那雙鞋。之後，我在台灣有自己的家要照顧，不可能再資助他們。而他們也很有骨氣，從未開口讓我為難，靠自己的勞力在柬埔寨養家活口、奉養父母。

乃輝與我的兄弟這樣的表現，在我心裡，都是「模範大男人」。

♥

大哥原本擔心我在台灣被賣了，後來發現我在台灣生活得很好，乃輝還對柬埔寨的家人這麼好，因此他就成了台灣駐柬埔寨的「義務宣傳大使」。

他不知對多少人說過「台灣好」、「台灣棒」，那種出自誠心的讚美，也讓很多柬埔寨人羨慕。

假如總統在百忙之中，也能看到我這本書，我覺得真的應該頒發一張獎狀給我大哥，他為「台灣是天堂」的宣傳，比我認真多了。

人與水的戰爭

每次看到小吃攤的水龍頭沒關緊，我就很想上前去幫老闆關上。看到街上有水管在漏水，我更是緊張得就好像自己身上有個傷口流血不止。自來水，是我來台灣後最喜歡的東西之一。

❤

在柬埔寨時，我家沒有時鐘，但我每天的生活卻比時鐘還準。早上一起床，要先把家裡掃過、擦過。去田裡幫忙耕種前，還要先到屋外取了一粒被喝乾剝淨的椰子，對半剖開，跪下來以內緣的纖維將地板擦拭乾淨。

家境好一點時，下一步就是用布沾少許汽油，把地板像打臘一樣的打亮。差一點時，用汽油就太貴了，我會將芭蕉葉搓揉出汁液，同樣用布沾了後摩擦地板，地板就會變得又亮又光滑，效果一點也不輸汽油，只是更累一點。

在媽媽的嚴格清潔標準下，擦地板是一點也馬虎不得的工作。來過乃輝家裡的人，大概都能想像我媽媽當年的擦地標準。

♥

但擦地還簡單，擦地要用的水，得來就不簡單了，必須要從很遠的湄公河挑過來。

在柬埔寨農村，女人走路時除了手上要拿東西，頭也要善加利用。像我就常要頂著米、玉米或地瓜回家。

十歲那年，我已經可以頭頂一籃剛洗好的衣服，再肩挑兩桶加起來八公斤的水。回想起來，我的個頭會這麼嬌小，大概也是當年被這些東西「壓」出來的。還有，可以確定的是，我們柬埔寨鄉下，絕不會有胖子的。

♥

因為自信「功夫好」，可以頭頂東西不用手扶。沒想到有一次竟然滑了一跤，把媽媽新買的大陶甕摔破了。

回家後，我先默不作聲。到了晚上，媽媽還是問起了她的陶甕。我說：

「因為……因為……路太窄，路旁還種了菜、種了番茄……，剛好又遇到下雨……所以……所以……。」

媽媽還沒聽我說完理由，已經舉起竹子追打我到屋外。然後，全村的人都知道，我摔破了媽媽的大陶甕。

♥

柬埔寨的老鼠特多，台灣的蟑螂殺不完。打開櫃子，牠們就在那裡搖著觸鬚瞪著你。

柬埔寨有雨季，台灣的颱風則來勢洶洶，不過有時候，颱風也會虛晃一招。遇到颱風不會掃到的午後，就能賺得盛暑難得的涼意。

但雨季就沒這麼好玩了，每年都固定時間要來的。

♥

無論你頭頂功夫再好，遇上每年五至十月的雨季，還是一點辦法也沒有。

往返湄公河的小路，本來就已經又窄又顛簸了，再加上天雨，路面變得泥濘不堪。

雖然拜雨水所賜，露天儲存下來的雨水，讓我們可以少挑好幾桶水，但家裡人口眾多，雨水很快就用完了，還是要去河那邊去挑水，運氣再好的人，來回也只能少滑倒幾次而已。

有幾年雨勢太大，湄公河氾濫，黃中帶紅的河水滾滾而下，低窪的村子整個泡在水裡，只露出一個個的屋頂。

♥

房子與水的戰爭年年上演，如果把水當成敵軍，我們家要面對的不只有海軍，還有天上來的空軍。

這個媽媽變賣嫁妝黃金蓋起來的房子，雖然地基高一點，可以比鄰居晚一點淹水，但外面的大雨嘩啦嘩啦的下個不停，屋子裡的小雨也滴滴答答的攻了進來，家中各式各樣的容器，都必須出動來接水。

雨水落在桶子裡的聲音，譜成了一首讓我終身難忘的音樂。

每次都是相同的節奏，先是刮起一陣陣狂風，接著打起響雷，最後天彷彿裂了個縫似的，瞬間澆下傾盆大雨。

♥

一遇強風，家裡賴以維生的牛、雞都必須趕進屋裡綁好、關好，免得被風吹雨淋。至於在風雨中趕牛趕雞的人，淋濕不淋濕就不重要了。

下雨時還有一個緊急任務，就是要收柴進屋。但風難免會帶點雨水打進屋來，所以木柴都潮了。遇到要升火煮飯時，大概有半個小時，我都在學媽媽罵我那樣罵著木柴，因為它們是沒用的東西，只會冒煙不起火。

❤

我們家當初蓋造時，挑高只想到防水，卻沒想到防賊。晚上我躺在床上，一邊要趕走偶爾爬到身上來開同樂會的老鼠們，一邊還要擔心會不會有「刺客」，從屋子底下拿尖尖的東西刺我。

不要怪我胡思亂想，實在是只要我睜開眼睛，就會看到地板間的縫隙，雖然方便了我能看看牛和雞還在不在，但也讓我幻想中的「刺客」好像隨時會出現。

❤

在台灣，我住在有水、有電、有瓦斯的鋼筋水泥的屋子裡，睡覺時不用擔心外面下雨，不用擔心牛雞等牲畜，更不會有老鼠或「刺客」來擾人清夢。

然而，我還是常在夢裡，看見湄公河邊男女老少的人影鑽動，嗅到空氣中飄著農村雨季的濃厚霉潮味，最可怕的是耳邊聽見媽媽在大吼：

「娜威，我新買的大陶甕怎麼不見了？」

前幾年，為了讓社會大眾認識弱勢的外籍新娘，乃輝與我接受了紀錄片導演蔡崇隆先生的邀請，拍攝我們的日常生活，製作了《我的強娜威》在公視播出，結果創下了很高的收視率。公視就重播了十多次（這也破了重播紀錄），還賣給台視播出二次、華視播出三次。

但是為了突顯外籍新娘的困境，紀錄片裡並未剪輯任何我們恩愛、甚至只是正常相處的生活，大多是爭吵畫面。我們尊重蔡導演的想法，讓這部幾乎「從頭吵到尾」的紀錄片，一刀未剪的播出。

這樣做雖然讓社會大眾更重視了外籍新娘的問題，政府也撥出了更多的預算來照顧新移民，但乃輝與我卻因此招來許多無謂的困擾。

在公視的網站裡，有人指責乃輝：「不要身體生病了，心靈也生病」；也有人罵我：「死要錢」，要我「滾回去」。甚至還有南洋姊妹罵我：「不要臉」，因為她認為我在鏡頭前坦承，當初是為了改善家境才嫁來台灣，害她與公婆吵架。

面對這些指責或謾罵，我不願申辯，我也從不後悔說過這些實話。

但我希望告訴那些批評我們的人，紀錄片是為了突顯文化差異的主題，才刻意剪輯很多衝突的畫面。任何一個家庭，即使夫妻都是台灣人，難道就不會吵架嗎？難道就沒有意見不同的時候嗎？

外籍配偶家庭需要的是被瞭解、被接納，而不是一再的被問題化、特殊化。腦性麻痺者不是一定就脾氣暴躁、口無遮攔；外籍新娘也不是一定就只顧娘家、愛慕虛榮。我們就跟其他夫妻一樣，也是慢慢在學習了解對方、包容對方，進而欣賞對方，把對方當成家人。

我從來就不是一個模範外籍新娘，我也不希望別人以為我是。但我愛我的先生，愛我的女兒，愛我的家，也愛這塊我認為是「天堂」的土地。

黃金新娘

這是我在電視上看過的韓國連續劇。

越南新娘珍珠，是越南婚姻仲介公司的翻譯人員，她的父親是越戰期間來南越參戰的軍人，從小與母親相依為命。

珍珠為了到韓國尋找親生父親，不惜與韓國男人姜俊宇假結婚。由於文化背景的差距，珍珠被韓國社會排斥，與俊宇之間也是矛盾重重。但天生開朗的珍珠，逐漸克服偏見和困難，尋找到了真正的愛情和事業，同時也找到了自己失散多年的親生父親。

珍珠的樂觀不僅為自己扭轉逆境，也為俊宇的人生帶來好運勢，可說是名符其實的「黃金新娘」。

當初，我一個「未成年」少女隻身嫁來台灣，一心想救家人，這條命拚了也不算什麼。

聚餐坐席間，我談起自己的經歷，台灣朋友佩服我的勇氣。

我只是淡淡地微笑以對。

因為我不知道重來一次，自己還敢不敢這麼「衝動」？

人在無知的情況下，會生出莫名的勇氣。

就像韓劇裡的「黃金新娘」，為了尋找生父，她敢假結婚嫁到韓國去。我是真結婚嫁到台灣，但我的遭遇和戲裡的珍珠相比，也有許多相同的地方。

❤

當我踏上這片土地時，才發現一切和想像的落差甚大，許多事都超乎想像。

不僅語言不通，也沒有親朋好友可以訴苦，整個被抽離原來的生命網絡。

就連女兒也是，她的幸福只限於物質上的，不像其他小孩，有爺爺、奶奶和一家子的疼愛。

僅僅一年回柬埔寨「朝聖」一次，當一回集三千人寵愛於一身的小公主。

❤

當初我只是想藉由結婚改善娘家家境；乃輝想藉由結婚成立一個他心目中的家庭。

彼此都認為自己動機很單純，沒有別的；也以為對方已經準備好了，其實兩個人都還差得遠。

結了婚才知道，兩個人結合所產生的質變可以多麼複雜，多麼具有爆炸性。

有一次，我與他吵架，氣得歇斯底里、全身抽筋、眼淚不自主地流下來；整夜無法闔眼睡覺。

第二天，我被他強迫送醫，躺在急診室的病床上，才後悔自己太衝動。

我也在想，有一次他氣得摔嬰兒椅、全身發抖時，我想他最想摔的，其實應該就是我吧！

♥

當我和其他外籍新娘聊天至深夜，勸人彼此退讓一步時，自己也沒把握，明天我們夫妻倆，會不會又大吵一架。

只是當女兒發燒賴在我身上，什麼話也不說，就是要我抱抱時，那一刻，我就知道，這裡就是我的家。她需要我。

有一種情感，把我緊緊地繫在這塊土地上。

❤

結婚初期為了錢，我經常兩面不是人，被夾在當中，因為心中有兩個家在拉扯。但現在想到「家」，我就想到台灣。

我嫁給了乃輝，我對他有責任。我今天能有這一切，都是他給我的，因此我有責任照顧他。

女兒在台灣出生，我的家人都在這裡，這裡就是我的家。

八年過去了，我已經完全習慣台灣的生活。現在回去柬埔寨，反而像是一個客人，是一個外來客。

我也常告訴乃輝，外面的人不可靠，尤其是那些要向你借錢、要找你投資的人。你真正的家人是我們。

❤

有人問我，最欣賞乃輝哪一點？

我覺得他很顧家，也很有毅力，不論晴雨，他的工作從不間斷，連刮颱風都要去賣花，雖然他明知今天出去工作，不一定會做成任何一筆生意，他還是要去。

他為家庭所奉獻的這一切，我都有看到。

他也曾說，最佩服我的，就是不管我與他有什麼爭執，也不會不煮三餐、不擦地、不倒垃圾，更不會遷怒於女兒。

家和女兒交在我手上，他很放心。

❤

另外，他也說他很感謝我，他今天能以「新移民成長關懷協會」理事長的身分，為台灣數十萬的外籍配偶盡一份心力，這一切都是因為我。

但我反而覺得對他虧欠，如果沒有我，他就不用那麼忙、那麼辛苦，還要為了外籍配偶的問題，跟政府大小聲。

他有的時候說話太快，讓其他官員、社會公益團體與外籍新娘們，誤以為他是在生氣，其實他只是急了一點而已。

如果在工作時，一起為南洋姊妹努力的夥伴們，有感到不愉快的，我也要向你們致上最深的歉意。

❤

現在不但在台灣時，有人常找我討論事情；回柬埔寨時哥哥們也是，無論大小事都找我談，把我當成一個成熟、懂事的女人。

他們雖然沒有說感謝，但我知道他們的意思。

因為我，兩個家庭有了改變，柬埔寨那邊的家境改善了，可以在免於淹水與盜賊的安全環境裡認真工作；甚至哥哥也間接因為我而成家；妹妹因為我，嫁到城市裡，成了一家手機店老闆。

台灣這裡的家也是，乃輝嘗到親情的滋味，女兒也能健康的成長，這一切都是我以前想像不到的。

女兒出生時，為了讓外公、外婆看看家裡的第一個小外孫女，我們攜家帶眷風光回到柬埔寨家鄉。

村子裡的人全都擠到我家來看熱鬧，見到寶寶的人，無不誇她長得清秀漂亮，多麼像爸爸。老人家還握著乃輝的手，拍拍他的手背，說他怎麼都不會老。

他咧嘴憨憨地笑著。

他在柬埔寨老鄉親當中，人緣真是沒話說的好。

❤

家人之間何必言謝，沒有誰照顧誰、誰感謝誰、誰又欠誰這些細節，只要能互相照顧就好。

我感謝台灣，因為我有幸來到這裡，才能學到這麼多以前我絕不可能學到的知識與道理。

柬埔寨的黃金雖然逐漸被掏光，成為赤貧，但我期待自己能成為柬埔寨出口的「黃金新娘」，為別人的生命帶來幸福。

心裡的雨季

有一陣子，電視新聞裡說，台灣各地紛紛傳出紅火蟻入侵的消息。一時之間，人人聞蟻色變，一股恐慌氣息正在醞釀。然而：

紅火蟻到底長什麼樣子？

牠們從哪裡來？

會造成什麼傷害？

遇上紅火蟻該怎麼辦？

恐怕大多數人都不甚清楚。

❤

在台灣，我不只一次遇到有人問我：

「喂！你是多少錢買來的？」

我也曾迷惘，不知自己到底是嫁來台灣，還是被賣來台灣？台灣這裡的男人是在娶老婆，還是找外籍幫傭？

如今我對於這個問題，早已可以平靜以對，泰然處之。

就算我是紅火蟻，我也是被空降到這裡討生活的，不該被冤枉成是入侵者。

❤

這是自由市場，肯定是有人買，才會有人要賣；相反的有人敢賣，才會有人買。

當初會有外籍配偶，不也是因為台灣的男人、台灣的家庭有這些需求嗎？

只是進來的人越來越多了，產生一些社會問題，就開始有人說，以後會有「劣幣驅逐良幣」的問題。

❤

別說是會被台灣人誤解，即使是在外籍配偶中間，對我也有不同的看法。

有些人羨慕我沒有公婆，生活很自由，而且沒有經濟與精神方面的壓力。

我可以理解她們的羨慕，因為大多數外籍配偶，生活過得都不好。數坪大的房子裡，必須塞進一家，有的先生沒工作還會酗酒，有的公婆姑嫂很難相處。

甚至更慘的是被賣入火坑，或是淪為全家男人洩慾的性奴隸。

有些外籍配偶的夫家，一生出不健康的小孩，就會怪那個外籍配偶，說因為她是落後地區來的，所以才會生出這樣的小孩，或者怪她懷孕期間吃一些奇奇怪怪的東西才會這樣。

❤

當初乃輝問我：「難道不嫌我是身障嗎？」

我說：「你都不嫌我窮了，我怎麼會嫌你呢？」

障與窮之間，互相取得平衡，彼此賴以生存。

這就是現實社會。

有人討不到老婆，卻有經濟能力可以「買」到一個老婆。對我來說，我不能選擇出生家庭的富貴，但我可以選擇藉著婚姻翻身。

這是自由社會，每個人都有權利追求自己想像中的幸福。

❤

有人覺得我們外籍配偶低人一等，連生出來的孩子也不如人。

同樣曬得黝黑的膚色，在花錢作日光浴的有錢人身上，和在打零工、蹲路邊吃便當的工人身上，看起來有什麼差別嗎？

汽車黑手和檳榔西施的愛情，與王子與公主的愛情相比，難道就不純情、高尚嗎？低俗之人的愛情，就一定比高尚之人低俗嗎？

標準在哪裡？

又該由誰來認定？

❤

像紅火蟻那樣空降來台後，我進入了一個與柬埔寨天差地別的環境。

睡覺不必擔心老鼠會爬上身，也不必擔心「刺客」會不會來。一覺可以睡到自然醒，不必去頂地瓜、玉米，更不用挑水。

下雨了，只要收收衣服，不必擔心牛呀、雞呀、豬的。

下雨了，也不必忙著拿大大小小的容器接漏水。

只是，家鄉下過雨後的熱鬧已離我好遠、好遠。記得我們小孩子總愛在雨後衝到湄公河邊去撿被雨和風打下來的芒果，青青的醃著最好吃。

❤

現在每逢下雨，我就站在窗邊看雨景，市區的景色一望無遺。

心裡很想家，想到種田的情景，想到通往湄公河的林中幽暗小路，有會作弄人的小猴子，還有會令人害怕的各種神秘叫聲。
想到自己不知幾十回頭上頂著一籃重物，走路一直滑倒的情景。
心情很煩躁，很想掉眼淚。
這個世界熱熱鬧鬧地，我若是在世界的這個角落從此消失，有誰會想念我？

❤

剛來台灣時，我根本無法接受週末要走向野外，要親近大自然這種說法。
是我要反對台灣流行的現代休閒風嗎？
不是啦！我沒這麼厲害。
我只是一走進大自然，聽見野外的蟲鳴鳥叫雞啼，一股濃濃的鄉愁便湧上心頭。

❤

有一次與乃輝他們一群人上陽明山玩，大家都在看日出、欣賞風景，只有我一個人盯著庭院裡的辣椒瞧了半天，一邊玩味，一邊讚賞：
「好漂亮，這辣椒長得好漂亮。」
不是因為我想吃辣椒，而是想到家鄉那裡，都習慣在進門的樓梯口種辣椒、茄子，這樣流出的洗澡水，就可以順便澆灌。

辣椒，也有一點故鄉的味道。

❤

然而我也知道，我所思念的「家」，並不是我真正的家。

那房子又小又破落，還硬要擠進七個人。下雨還會滴在身上。

如今，我好像活在這天堂裡，自己在台灣住得好、吃得好、穿得好，但是家人卻還在故鄉過著苦日子。

乃輝讓我把女兒的滿月禮金存起來，想幫他們蓋一棟不會淹水的房子。我的願望只是自己有了一個不會漏水的家之後，家人也能有一個遮風避雨的家。

❤

直到現在，我有時還會恍惚：

「我到底結婚了沒？我真的在台灣嗎？」

前幾年，我不是還在柬埔寨嗎？怎麼一晃眼，我不只有了小孩，而且小孩都上小學了。

結婚初期，我與乃輝爭吵不斷，每天都覺得自己是在作一場惡夢。

如今生活順遂，乃輝對我也體貼了許多，我才開始有那麼一點美夢成真的感覺。

從柬埔寨到台灣，這一切改變得太快了，真的覺得人生如同一場白日夢。在感到幸福的當下，我也害怕有一天，這一切會如幻影一般消失。

❤

回想當初來台灣前，心裡真是五味雜陳。

我是在生氣嗎？為什麼那些台灣人要叫我們走路給他們看，還要看手相，甚至在我們身上到處亂摸？

我是在高興嗎？我的家人馬上就有一千美元，可以改善他們的生活，哥哥弟弟們也能用這筆錢結婚。

我是在難過嗎？自己即將賭上一生的幸福，萬一那邊的公婆、姑嫂對自己不好，把我當傭人，甚至把我賣掉怎麼辦？

我是在害怕嗎？萬一自己適應不良，最後只能回去，該怎麼辦？

❤

撐到今日，別人只看見我光鮮的外表，她們說我已經夠好命了，還有什麼不滿足的？她們其實不瞭解我們私底下的辛苦和辛酸。

柬埔寨那邊，以前那些說我們家閒話的親友鄰居，現在都放低身段，反過來要我幫他們物色對象，一心想把女兒嫁來台灣，像我們家一樣也能蓋新房子、過舒適的生活。乃輝就提醒我說：

「整個村子都是被你害的。」

我結婚時才十七歲，只能讓他們認識到台灣的富裕，卻無法讓他們認識到台灣人最值得學習的地方。

❤

媽媽來台灣時，我很努力營造出自己婚姻很幸福的樣子，但私底下，我和乃輝無所不吵，尤其是為了到底要幫助娘家多少。我想寄錢回家的心情，當時也讓缺乏安全感的乃輝，成了最大的衝擊。

這些事，在柬埔寨的親友鄰居都不知情，連我的家人也是這樣。他們只以為我住在台灣，生活得很好，根本不知道為了適應台灣的生活，為了想家，我又流了多少淚。

就好像一個孩子，看爸媽可以做這個、做那個，吃這個、吃那個，他也想要快點長大，像大人一樣，可以做很多事情。

可是他不知道，當大人表面很風光，成熟、長大的背後，卻有許多責任要負。

有時做完家事閒下來，為自己泡上一杯咖啡，看著高樓的窗景，想到剛來台灣的種種辛酸和壓抑，有種不知咖啡是甜是苦的感覺。

如果可以選擇，我真希望自己永遠：

不——要——長——大。

女人我最大

曾聽外傭之間在說：「沒錢吃飯沒有關係，只要有錢買新手機就好了。」

或許對她們而言，那是她們辛苦勞動後給自己的慰勞。

對外籍新娘來說，手機並不是最重要的，而是外表整體的感覺。

這是融入台灣社會的方法之一。

卻也使得台灣人對外籍新娘的普遍印象就是：愛打扮，很虛榮。

我自己也曾看過外籍新娘全身上下的飾品都是黃金，國情使然吧！從項鍊、耳環、戒指、手鍊到手錶，走到哪兒都閃閃發光。

❤

在柬埔寨的日子，像我們這種鄉下女孩根本沒時間去想什麼保養和打扮，洗澡必須兼洗衣服，因為在河邊眾目睽睽之下洗，所以動作要快。

在紗龍的掩蓋下，一塊肥皂從頭洗到腳，完了之後還可以洗衣服。同一塊肥皂拿回家還要洗碗。

從河裡起來後，再把濕的紗龍換上乾的。

如果要刷牙，就用手沾河沙，在嘴裡攪和攪和。

不像台灣，每個部位都有專門的清潔用品，牙膏、洗面乳、沐浴精、洗髮乳、潤髮乳、護髮精油、乳液、去角質……。洗個澡要用到這麼多瓶瓶罐罐，從前我根本無法想像。

在柬埔寨，頭髮如果要潤絲，就用阿嬤吃檳榔的石灰，一種以貝殼和稻殼自製而成的東西，洗完後頭髮異常滑順。

美白淡斑、皮膚緊緻，可以用芭蕉切片敷臉。

如果要抗痘，就用洗米水洗臉。

也有偏方說，結婚三、四天前要敷黃漿加米糊，會讓皮膚更加嫩白，更容易上妝，就像台灣的面膜一樣。

❤

台灣女孩皮膚白，我自己剛來時皮膚黯沈，又遇上冬天，沒什麼自然光，整個人看來更黑，一看就知道是從東南亞來的。

若有正式場合，就塗上一層厚厚白白的粉，再擦口紅，以為這樣就是上妝，其實還差得遠。

不化妝還好，這一化，使得臉和脖子以下形成楚河漢界，黑白兩色，一線分明。後來，我就集中火力在皮膚的美白上。因為電視節目裡有人說：

「沒有黑女人，只有懶女人。」

❤

衣著上，柬埔寨人特別偏好紅色，衣服是大紅色的，擦的口紅也是大紅色的，柬埔寨人覺得這樣會讓膚色看來特別亮。

今日的柬埔寨從泰國、台灣、日本、韓國那邊獲得的流行資訊多了，和八年前比起來，更加符合世界流行趨勢。

年輕女性會改穿整套白色的衣服，不再是紅配綠。

❤

台灣女人崇尚自然，柬埔寨女人不打扮則已，一打扮起來就是濃妝豔抹。

自己剛來台灣時也不會打扮，整天穿喇叭褲、T恤；要不就是穿短裙加白絲襪。

特別偏好鮮豔亮麗的顏色。

十八歲的女生，卻有三十歲女人的成熟。

來台灣半年後，開始發現自己的穿著怪異，讓別人一看就知道我是外來的。

❤

我現在正努力學習在穿著上融入台灣的時尚。

我每出門前就一定化妝，不出門就美白。心情好就畫眼線、上睫毛膏。許多人會瞪著我的眼睛瞧，然後忍不住好奇地問：

「你的睫毛是真的還是假的？」

他們說話時，眼神透露著欣賞和讚美。

我說是真的，把睫毛刷得又濃又翹，讓人難辨真假，會讓我很得意。

我若不開口說話，沒人知道我是從柬埔寨來的。

❤

乃輝常叫我不要化妝，他說化妝傷皮膚。

但他不懂。

我化妝打扮不是為別人，是為我自己。而且不只自己開心，別人看了也舒服。

對我們來說，化妝打扮也是為了讓自己走出去更有自信。

我們若不上妝去買東西，有些店員會上下打量，根本不把我們擺在眼裡，覺得我們應該是落後地方來的，沒什麼消費能力。

當我打扮、穿著時髦，別人就會特別注意我，自己也更有自信，買起東西來也更有自信殺價。

❤

我的朋友膚色比較黯淡，來台灣將近十年，仍然維持剛來時的穿著習慣。

有一次，她穿著拖鞋式涼鞋，走進一家大型美髮連鎖店訪價，店員一副她只是問問，根本不會來做頭髮的那種態度。

她回來就叫我不要去那家店，說那家店很勢利眼，不會理人的。

但我親自走進去時，他們卻都對我很客氣。

這使我更加深信，女人還是要注重衣著妝扮。

❤

或許，許多外籍新娘在台灣，都想證明自己是有消費能力的，自己與台灣人一樣時髦，所以才會透過外表的妝扮，讓自己更有自信，贏得別人的尊重。

這樣的心態是不是健康，可以先不爭論。但如果只是限制外籍新娘不該化妝，這樣就不好了。

在屈臣氏這些開架陳列的藥妝店裡，很多高中女生都在挑選自己喜歡的化妝或保養品。其實女人寵愛自己，中外皆然，無分人種。台灣女生不也都希望自己光鮮亮麗嗎？

只要能讓女人建立自信，不管是從外到內，還是從內到外，我認為先後順序並不重要，結果好壞才重要。難怪我那麼喜歡那個電視節目的名稱：

女人我最大

我「出名」了

記得在金邊的婚姻仲介商那裡，他向我介紹乃輝時，第一句話就說：

「他在台灣很有名唷！」

我不知道「有名」是什麼意思。

直到來了台灣，才知道什麼叫作「有名」。

❤

剛來台灣沒多久，就因為乃輝與婚姻仲介商的糾紛，我被某些媒體冠上了「落跑新娘」的封號；後來乃輝與我的紀錄片《我的強娜威》在公視播出後，我竟然成了外籍新娘的代言人，社會上發生任何與外籍新娘相關的新聞，媒體常會追著問我。

除了媒體記者，在超級市場買菜時，也有人跑來問我該怎麼挑榴槤。

我自己在柬埔寨時，從未看過什麼是榴槤，也是到了台灣才看過、吃過的。

但是台灣人習慣把東南亞當作一個地方，越南、柬埔寨、泰國都混在一起，甚至連新加坡都扯進來。

❤

然而，有名的感覺讓我很不舒服。

這一點，我和乃輝不太一樣。他喜歡熱鬧、曝光；我愛自在、平凡。

他置身大人物雲集的場合裡，依然很自在；我則喜歡五花八門的夜市。對我來說：

「平凡就好了。」

❤

回柬埔寨時也有類似的感覺。以前我家很窮，人家不把我當一回事；現在柬埔寨的房子蓋起來了，人家又說我們家太有錢了，令人不敢靠近。

這個世界實在沒有道理可言。

以前我只是一個不起眼的女孩，現在回柬埔寨，儼然成了各方面的專家。

我是一個建築師兼室內設計師，新房子怎麼規劃、設計，全靠我一手打點、張羅。

我是一個廚師，要幫媽媽看看要加什麼調味料、鹹淡如何。
我是一個服裝設計師，要幫媽媽看衣服、鞋子、皮包搭不搭。
我還是一個美容師，要幫媽媽、妹妹上妝。
我真的比你們懂這些事嗎？我自己都覺得不好意思。

❤

記得在以前，我在家裡說，我要做苦瓜鹹蛋，家人會說：
「你瘋了嗎？」
「什麼東西呀？」
「哪有人這樣做？」
「能吃嗎？」
現在帶著台灣人的身分回家，我說什麼、做什麼又變成都對了。有名，原來會讓一個人從凡夫俗子，搖身一變成為權威人士。
以前姨丈到家裡去，他從不理會我們這些小孩子。現在遇到阿嬤的忌日，他竟然騎車到我家來，直接點名要找我談籌備事宜。
有名了，在別人眼中也變得了不起、有擔當。

人有名了，大家就來依附著你。

❤

柬埔寨那邊找我當媒人，他們也想找一個台灣女婿嫁。

這同一批人卻是以前在背後說乃輝壞話的人。

我婉拒了。

婉拒的原因不是記恨，而是想到人情的現實。

結局是幸福人家會感謝你；但如果結局不好呢？人家就怨你。

❤

因為有名，台灣這邊好像把我當作柬埔寨駐台辦事處，什麼假結婚、非法居留的種種疑難雜症，都找上我徵詢意見。

但我能力有限，一點忙也幫不上。深深覺得無力……

成名，讓生活變得好累人。

我一點也不想成為外籍配偶代言人。

我是一個家庭主婦。我只想過平靜、平凡的生活。

❤

換個角度想，今天這一切不也都是台灣給我的？如果我沒有來到這裡，現在還住在柬埔寨，還不知道在做什麼呢？

可能我穿衣服依然是紅配綠，可能從來不會去思考人生的意義。

我真的是很慶幸，能夠藉著婚姻來到台灣。

❤

但是有名，也不見得處處吃得開。

有人說，每天看我打扮得光鮮亮麗，讓人不敢親近。這種批評讓我很難過。

他們不瞭解我的心。我雖然看似有名了，但我交朋友不會區分貧富貴賤。

有些人生活富裕了，就把自己抬得很高，嫌柬埔寨的食物很臭不敢吃，對我而言，家鄉的東西是最珍貴的。

我阿姨看我吃鴨仔蛋吃得津津有味，連說：「什麼？你敢吃？」

我說：「阿姨，拜託，懷念了好幾年了。怎麼吃，都還是家鄉的味道最好！」

❤

人家說我很勇敢，一個人從柬埔寨來到台灣，還說我嫁得好、老公體貼、婚姻幸福。

我仍舊微笑以對。

說真的，我從未因此認為自己了不起。

未來如何，誰能保證呢？

能夠守護的，就只有我的心吧！

我會小心守護著，不讓歲月和虛名將它奪走。

尋找熟悉的味道

中秋節快到了，家鄉那邊一定正忙著收成稻穀。到了中秋節當天，我們會把穀子帶殼打一打，去殼，然後下鍋炒香，以香蕉沾著米麩吃，還會煮稀飯喝。因為米剛收成，十分香甜。

這就是我們的「中秋月餅」了。

❤

台灣人的生活富裕，看吃雞腿的習慣就知道了。

在柬埔寨，雞是養在屋子外面自己吃蟲的，與台灣養在雞舍裡吃飼料的雞相比，根本就像是一隻比較大一點的麻雀而已。

但就算只是一隻「大麻雀」，我們也不是天天都吃得到。一旦有雞肉可吃，一定撕成碎碎的，看不見全貌，因為這樣份量才夠。

能從一隻全雞身上，將整支雞腿拆下來吃，包準一下子就搶光。

❤

在台灣，吃筍真是一件幸福的事。只吃從土裡露出的一點筍尖。可是在柬埔寨就不是這樣了，都要等筍長到膝蓋那麼高，才捨得挖回來吃。那種老筍即使熬煮好幾個鐘頭，吃起來還是有點像是在煮筷子一樣，太纖維化了，根本難以下嚥，只能在湯裡喝出一點筍的味道。

在柬埔寨，餐桌上沒什麼菜，東西夠鹹夠辣才能下飯。摘了新鮮番茄，當天一定成為桌上佳餚，加點魚露、鹽、糖，烤了拌飯吃。不像台灣人，都把番茄當水果。

❤

這些在柬埔寨再平常不過的飲食習慣，在我來台灣後，成為我最懷念的東西。剛來台灣的第一個星期，乃輝出門怕我餓著，在紙上寫下雞腿飯、鴨腿飯，讓我拿著到不遠的快餐店買便當。

第一次吃到雞腿便當，簡直是人間美味，於是隔天去再點一次。第三天換成鴨腿飯。

最後，實在很想換口味，卻看不懂菜單，只好雞腿換鴨腿，鴨腿再換雞腿，整整吃了一個星期，實在膩得可以了。

常常想在台灣尋找家鄉熟悉的事物，卻發現少之又少。

❤

為了一解對家鄉味的懷念，就把台灣的大蛤仔當作柬埔寨那邊的小蛤仔，不管它三七二十一，就用鹽、胡椒、味精、蒜頭、魚露拌一拌，然後拿去曬太陽。

根據柬埔寨的經驗，那麼大的太陽曬三、四個小時就可以吃了。

可是，台灣的陽光不如柬埔寨強，結果可想而知……，蛤仔半生不熟！

但一聞到那味道，我整個胃口大開，已經好久沒有這樣了，一連配了三、四碗白飯。

乃輝眼睜睜看著我，很訝異我怎麼這樣吃，他連碰都不敢碰。

❤

有一次，我在市場買到一條長得很像在柬埔寨會看到的魚，很想用火烤來吃。就在自家陽台升起火來，滿心期待吃烤魚。

先把魚露等等調味料都調好。

接著，就專心地照顧著那條魚。

可是那條魚卻怎麼烤都烤不熟，還整個冒煙，而且還滲進屋子裡。

還好乃輝不在，不然他一看到這場面，一定又以為我要燒炭自殺。

❤

在柬埔寨，我們吃的不是甜度這麼高的蔗糖，而是棕櫚糖。

小時候，家門前種了幾棵糖棕樹，爸爸就煮糖棕來製糖。他是在打仗時學會這項技能的。

糖棕的樹型高大，羽狀葉片巨大而稠密，好似一支支綠色的大傘，可以遮擋熾熱的陽光，在屋前形成一片涼爽的綠蔭。

不要小看那區區幾棵糖棕，每棵糖棕平均一年可長出十幾個，甚至幾十個碩大、飽含糖汁的穗狀花絮。

這時，爸爸就爬上樹，在花絮的尖端掛一個竹筒或小水桶，用刀把花絮劃開一道道口子，花絮中的糖汁就順著刀口流出來，滴進竹筒或小水桶裡。

接著，要把糖汁熬成金黃色，再用手工不停地拉，直到慢慢變硬，所以越做越費勁。

最後等糖磚涼透時，再批發給商店去賣。這樣的糖磚比起用甘蔗製成的糖，甜度上差了很多，但在柬埔寨，也算得上是不可多得的。

或許是吃不到的東西最好吃，柬埔寨人吃一碗刨冰，要加好幾大湯匙的糖水。台灣人看到一定會嚇一跳。

❤

然而在台灣住久了，自己不知從何時開始，也覺得柬埔寨食物太甜了。

上次回柬埔寨，看著弟弟泡牛奶在喝，竟是用三匙奶粉加三匙糖，我根本不必喝，光看便覺得太甜膩了。

原來在不知不覺中，我也已經逐漸適應台灣的食物，到底什麼才是我的「家鄉味」呢？

我也糊塗了。

保證幸福

從電視上聽到一句話很有趣，有的台灣人說：

「人醜不要怪父母，命苦就要怪政府。」

但在台灣生活這幾年後，苦樂參半的經驗告訴我：

「花一個小時抱怨，不如用一分鐘做事。」

想要翻身就要靠自己，別人沒辦法幫你翻身的。

幸福，只能靠自己去追尋。

❤

大部份的柬埔寨父母，對於兒女的姓名不太講究，叫什麼名字都無所謂，只要能養得活就好了。

因為我們那裡的習俗，就是取太高貴的名字，小孩會很難養，甚至會夭折。但仍然有些父母「不信邪」，會將對兒女的期望顯露在名字上。
像我的柬埔寨名叫Navy（娜威），就是父母希望我長大以後很能幹、很聰明。
偏偏我小時後身體不好，常生病，不太好養，媽媽就改叫我「阿姐」。
因為村子裡有一大堆的「阿姐」。你家有、我家有、他家也有，這樣子死神就無從下手了。
一直到等我長大後，才又恢復叫作Navy。
現在有很多人說我好命，好像我的名字正在應驗一樣。
他們羨慕我能有一個不完美但卻有盼望的家庭。
因為我叫作Navy，注定要有好結局。
真的是如此嗎？名字能保證未來的幸福？

❤

當初為了離開柬埔寨，我不惜向媽媽作出一個我自己也無法保證的保證，就是：
「我保證一定會幸福！」
畢竟為人父母，對兒女總有許多的顧慮。
媽媽說：「那是你的幸福、你的未來，怎麼可以兒戲？」

爸爸只是說：「如果不幸福，你就趕快回家。」

❤

早在十一歲時，看著國外的電視節目，說著我聽不懂的語言，我就曾經夢想，如果能夠嫁給外國男子，到外國生活，說著那裡的語言，該有多棒？

台灣，當時對我而言，也是一個外國。

❤

為了一圓自己的夢，當我大膽作出幸福的保證時，自己也沒有把握。

但是為了改善生活窘境，即便把自己一生的「幸福」當成了賭注，也在所不辭。

人已經無權選擇出身了，憑自己的「幸福」去追求夢想，有何不可？

更何況，家境的改善就靠這一搏了。

❤

當我踏上台灣之旅時，媽媽在柬埔寨卻痛苦了一年多。

左鄰右舍都在傳說我嫁了一個白痴，一天會抽筋三次。

還有人當面質問媽媽，為什麼為了錢出賣自己的女兒？

連親戚都罵她說，難道你真的窮到沒飯吃，必須犧牲自己的女兒了嗎？

村子裡流言四起，我懷孕後第一次返鄉時，因為害怕遇見鄰居，出去時便把全身包裹得緊緊的，只露出眼睛活像個小偷似的。

❤

為了澄清「不幸福」的傳說，我們加蓋了新屋、裝了電話、買了摩托車。村子裡的人開始睜大眼睛，羨慕不已，謠言也開始破解。

大家都在紛紛議論說，我嫁來台灣生活應該過得很不錯。

二〇〇三年，我第三次回去探親，這一次，要連先生的名聲一起洗刷乾淨。

我們決定大宴鄉親，請高僧來祈福。我要讓乃輝有面子，證明他不是白痴。

來參加的賓客會禮貌性地包禮金，相當於五元、十元台幣，再加上米。這是我們當地的習俗。

最後，我們如果收到很多米，就捐贈給寺廟。

禮金多寡不是重點，而是要讓他們看看我家的台灣女婿。

❤

台灣的水果便宜美味又新鮮，所以我們帶了一箱又一箱的水果回去，有蘋果、橘子、桃子，預備當作回禮。

另外我們還帶了很多氣球去送，村子裡的小朋友都來湊熱鬧。

那一天，家裡席開十五桌，我和乃輝一一敬酒。

最後賓客要回去時，我和他一起贈送每個賓客一袋水果當作謝禮。他們連外面的提袋都很珍惜。

袋子裡頭的蘋果、水蜜桃，是村民一輩子沒吃過的珍品。

台灣人每天生活中充斥的東西，柬埔寨那裡都當作寶貝。

❤

我希望謠言能夠破解，不是因為被我們的闊綽收買，而是被我們的真心感動。

我只想讓我柬埔寨的親友鄰居們知道，我很努力想讓自己和周遭的人幸福。

當初，我選擇在十八歲不到，就一個人踏上異地，從一句中文都不會說的情況下，一路走到今天。

❤

我希望鄉親能夠瞭解，我和他，我們兩個都很努力地過生活。

我的老公雖然行動不方便、講話不清楚，但他很負責、很顧家。

雖然我自己也不敢保證，我們兩個會不會幸福一輩子，但我會努力走下去。

男女大不同

一早和女兒去逛大賣場，忘了收衣服，下午回來時，一陣大雨，衣服全都淋溼了飽滿的水。

真是的！這是什麼怪天氣。

剛來台灣時，我最難容忍的，就是無法預料的午後雷陣雨。

不過，久了以後，不用看氣象報告，我多少也會預測一點台灣的天氣。是一種生活經驗值吧！

❤

生活，讓一個女人堅強。

現在，別說煮幾道台菜難不倒我，連投資買房子，乃輝也要聽我的意見。

遇到外籍新娘的問題，有些人也經常找我諮詢。

只能說名字影響一個人之深遠，這是中國字的奧妙。我在台灣為了生存下來，不知何時已經變得既「強」且「威」了。

當初仲介申辦證件，只挑筆劃簡單的字，「賜名」強娜威，這是否也造就了我遇到問題時的直爽、堅毅、強悍性格？

不過在我們家，男女的角色確實是互換的。

❤

在某些情況下，乃輝的女性特質強，我則是男性特質強。

就像吵架，我從不扯別的，只針對這個問題吵；他卻常舊事重提，翻舊帳。

對我而言，最辛苦的時候就是女兒還小時，出個門我必須一手抱著嬰兒，一手扛著嬰兒車，背上還要背著包包。

有一次，媽媽從柬埔寨來台灣時，看到我出門前一面在與乃輝鬥嘴，一面還要為女兒又背、又抱、又提的下樓梯，就心疼地用柬埔寨語說：

「為什麼要嫁這樣一個男人？一點忙都幫不上。」

雖然我知道乃輝不懂媽媽說的柬埔寨語，可是我不能接受媽媽這樣批評乃輝，立刻停止用國語與乃輝爭吵，轉而用柬埔寨語對媽媽說：

「媽，你不能這樣說乃輝，他沒辦法抱小孩下樓，是因為他身體不方便，那不是他的錯。就像我們家原來很窮一樣，乃輝也不能用這一點來指責我們啊！」

媽媽聽我這麼說，也就不再抱怨了。

其實人家說「為女則弱，為母則強」，但和柬埔寨農村女孩必須一早起來又挑水、又頂玉米比起來，抱小孩出門實在也只是小事一樁。生活，是逼一個女人成長的最快方法。

❤

我不是那種含蓄的女生，我個性率直，喜歡有話直說。

我不想騙人說嫁來台灣不是為了錢，是為了看看世界、來這裡學習等等。這是大部份人的表面說辭；錢是大家不願意挑明了講的理由。有柬埔寨的同鄉用我們的俗語勸我：

「一缸魚裡面，如果有一隻魚臭了，會壞了整缸魚。」

因為我的媒體曝光率高，所以她勸我不要說話太坦白，免得害了她們，讓人家以為柬埔寨女人都很潑辣，或者以為她們嫁來台灣都是為了錢。

❤

但我也知道，雖然我可以逆其道而行，別人卻不見得行，這當中並沒有對錯的道理可循。

就像在台灣，喝蜂蜜是為了讓腸胃「通暢」；但在柬埔寨，蜂蜜都是野生的，非常珍貴，通常是肚子痛、拉肚子才加米酒服用，也就是用來止瀉。

台灣人崇尚配色自然；柬埔寨人卻偏好鮮豔，紅配綠也很常見。

這種事要怎麼說呢？只能說是文化差異，另外也有個別差異。

❤

男女相處，一般都是男人護著女人，我和乃輝又是男大女小，我期待他有時能像疼愛女兒一樣疼愛我，多教我、多體諒我。

無奈他身體上的弱勢，加上小時候的成長傷害，他反而期待我能像疼愛兒子一般呵護他，多多體諒他。

結果，他反而像個孩子一樣要我顧惜。有時候，我等於是要照顧兩個孩子。

我強嗎？我威嗎？

豈是我願意的呢？

我也憧憬有一個強壯的肩膀可以依靠啊！

當他流露出孩子氣的那一面時，我很想扮演一個包容的母親，但保守的成長背景，讓我不善於此。

不只是對他，我對自己的爸媽也是，想講一聲：「我愛你」，一句話還沒說出口，雞皮疙瘩就已經掉滿地了。

❤

至於我們的女兒，她的個性與父母都不一樣，安安靜靜地，從不吵鬧。

可惜到了她一歲多時，她四周的空氣卻開始變得不安靜，因為她的父母經常因意見不合，產生嚴重爭執。

❤

剛開始，我聽不懂乃輝的話，雖然感受到口氣不好，卻還不至於心痛，兩個人還能勉強和平相處。

漸漸地，我聽懂的話越來越多，就知道他似乎在電話裡，常向朋友和長輩告我的狀。

娜威個性不好……

娜威煮的菜難吃……

娜威只顧她爸媽……

娜威……

抱怨一旦有了開始，就沒完沒了。

❤

從女兒出生後，我就很難顧得初來乍到的笑容和禮貌。

本來可以忍的，有了小孩後，似乎也會變得再也忍無可忍。

有人說，女人生完小孩，體內荷爾蒙會興起一場革命。

我想大概是吧！

❤

由於我的中文還不算精通，為了把怒氣發洩出來，往往他講他的，我講我的。

至於吵架的爆發點，說來慚愧，也大概都是一些芝麻綠豆大的事。例如：

他對於我來了一年，還無法接受台灣料理感到光火。出去吃些好料時，看我只碰胡椒、鹽巴、醬油、辣椒，在家頂多再加個醃蘿蔔、醃黃瓜，他再也無法忍受，逼我一定要吃點有營養的。

❤

有一次，為了薑絲蛤仔湯，我們吵個沒完沒了。

在柬埔寨，作菜很少會放薑和酒。

那種我從未嘗過的味道，讓我堅決不喝，他卻覺得我不聽話，於是翻臉，大吵一架，接連幾天都在冷戰。

後來，一切回歸平靜時，我就與他定下了「吵架公約」。

❤

我——強娜威，不准用柬埔寨話罵他，他聽不懂，會抓狂。還有，不准甩門、蓋棉被。

你——黃乃輝，要把架吵完才准坐下來吃飯；不能一面吃、一面吵。

❤

小你二十歲的外籍老婆是拿來疼，不是拿來數落的。

我呢，要尊重你是這個家的主人。

或許，不是什麼台柬差異，而是男女大不同。

❤

女人渴望被呵護；男人渴望被尊重。這個簡單的需求，走到全世界也都一樣吧！

後來，連牙牙學語的女兒，都加入了父母創造的戰局，怎麼說呢？

我嘔氣了很久不和乃輝說話，他問我：

「要不要吃雞腿飯？還是要吃火鍋？」

我不理。

轉念一想，吵架還是不能餓著肚子，就請女兒去傳個話：

「我只要肯德基二號餐，其餘免談！」

記得要微笑

以新眼光回頭看自己的故鄉，發現自己的心境已悄悄地轉變。看見路上女生「紅配綠」式的穿衣風格，便想起年輕的自己不也如此，對她們的「俗」，不由心生一種包容。

在那裡，沒有機會接觸流行資訊，更沒有閒錢買保養品、化妝品。人家說我們東南亞人不愛乾淨，認為皮膚黑的就是髒，其實是生活條件不如先進國家，讓我們沒有機會。

我們沒有馬桶，如果我們有馬桶，我也會洗得比台灣人洗得更乾淨。

然而，面對台灣人的異樣眼光，我早已學會如何應對。

❤

有一年的潑水節，我照例回鄉探親，回來後坐在計程車上，司機見我大概是外來的，卻分辨不出是哪一個國家。

是越南——他見我白白的，不像是印尼來的。

是日本——他見我打扮入時。

或是香港——聽口音似乎有點像。

❤

我面帶微笑，告訴他：「我是柬埔寨來的。」

「哦？」真的？（這不是他說的，而是他的表情這麼說。）

「那你知不知道黃乃輝的『落跑新娘』在哪裡？」我就知道他會問。

「在哪裡？就在這裡啊！我就是你們說的那個落跑新娘。」我仍然維持笑容。

一聽我就是事件主角本人，司機眼睛張得大大的。

我回答得很直接、很平順，讓他反而一下子反應不過來。

「那你不是落跑了嗎？還是你先生把你抓回來了？」

我聽了一股怒火中燒，但還是要先把怒氣控制住，儘量和善地向司機解釋。

我說，其實不是像新聞報導的那樣，是……。

我不逃避別人的詢問，但我認為也毋需向陌生人發火。

♥

別人看你是外來的，總是會好奇，想要進一步瞭解你，我們就給人家機會認識你。這時候，一定要保持微笑。

我不喜歡有些人只是好奇地看，卻什麼都不說也不問，更不喜歡他們私下議論紛紛。我寧願他們說出來：

「啊，你不是電視上那個強娜威嗎？」

這樣多好！

如果你們當著我的面直接說，我會用很開朗的方式回應你們。你開朗地跟我聊，我也會很大方地回應你。

♥

有一次，住家附近的那個店家老闆，我明明是他的常客了，我也跟他說過我是柬埔寨人，卻還是發生下面這段對話：

那一天，有一個顧客在我後面進來，他就問老闆（指著我）：

「她是越南來的嗎？」

我看了老闆一眼，我想他應該記得吧！沒想到老闆說：

「對對對，她是越南來的！黃乃輝他家的。」

更沒想到的是，那個人還回說：

「就是啊！我一眼就看出她是越南來的。」

我在一旁真的很想大聲地跟他們說：

「抱歉，我是柬埔寨來的。」

但是直爽的回話，畢竟不見得對自己有好處，只是發洩當下的怒氣而已。

❤

在機場，即使我聽見別人用柬埔寨語聊天，百分之百確定是鄉親，但我還是會先禮貌性詢問：

「請問，你也是柬埔寨來的嗎？」

台灣（Taiwan）人也不會希望自己在美國被誤認是泰國（Thailand）人。我很不懂，我人就在現場，為什麼不問我一下呢？

這難道不是人與之間的基本尊重嗎？

❤

我有一位同樣也是嫁來台灣的南洋姊妹，她得到了一張政府頒給模範新移民的獎狀，我為她感到高興，也有一點羨慕。

但是當我看到那張獎狀的內容，又忍不住笑了出來。因為那張獎狀上是這樣寫的：

「孝順公婆、相夫教子、任勞任怨，殊堪嘉勉。」

我回頭檢討一下自己，乃輝沒有父母，「孝順公婆」這一點，我根本無法做到。至於我的個性直爽，有話就說，「教子」我很盡責，但「相夫」就有點難了（不好意思，我還有時會「罵夫」）。

所以，「任勞」我也沒問題，但「任怨」就很難了，我承認距離「模範」的標準還很遠。

可是隨著年紀增長，見識經歷也增加，我的脾氣已經漸漸小了一點。因此我也常提醒自己：

「記得要微笑」。

成為她的驕傲

吃完晚飯，我剛洗好碗，看到乃輝在幫女兒看作業。

他在她的作業本上示範寫字。是「太陽」兩個字，我也認得，就是我第一次見到他時，他給我看的那本書的書名，所以我很早就認得了。

哈哈！現在我認得的國字比女兒多一點。

兩個大大的字，乃輝很認真的寫了好久，但依舊是歪歪斜斜的，女兒看了哈哈大笑。

「爸爸，我寫的字比你漂亮！」

❤

從小，她對於爸爸的病就表現得很泰然，也很健康。

幼稚園大班時，有一次同學問她：

「為什麼你爸爸講話都講不清楚，走路也這樣扭來扭去的。」
她就先回答說：「我爸爸生病啊！」
放學後，她回家又再問我：「為什麼爸爸會這樣，講話都講不清楚？」
我說：「因為爸爸小時候生病發高燒，才變成這樣。」

❤

她跟同學相處很好，她的態度也很坦然、自信，所以同學從不會笑她。她還主動跟同學說：
「我媽媽是柬埔寨來的耶！」
孩子的心都很單純，女兒把柬埔寨當成是美國、日本那樣的國家。所以同學問她：
「你有去過嗎？」
「我去過啊！」
「好玩嗎？」
「很好玩的。」
「真的？」

「騙你幹嘛？你們沒有去過，你們不知道。」

❤

但是遇到不熟的人，她就就很安靜、害羞。遇到熟的，就變得很多話，把人家當家人，完全不怕生，呱啦呱啦講個不停。

可是她不知道媽媽內心的矛盾。對我來說，我最欣慰的就是，如果她不講，光看她的外表，沒人知道她媽媽是柬埔寨人，將來她可以很容易融入這社會。

有人說她很像藝人大S、張紹涵、周汛，有人是「大眾臉」，有人是「明星臉」，她卻是「大眾明星臉」，一個人能像好幾個明星。

她在外面的人緣極佳，是我們家的小公關。

❤

當初懷她時，我擔心的是她遺傳到爸爸的身體；長大了，我又擔心她的外觀看起來與這裡的人格格不入。

我不希望她一看就像是「新移民之子」，限制了她的出路。但是，我又希望她能珍惜和柬埔寨的血緣之親。

因為打從她一出生，就是我一個人帶著她，我和她都被抽離了自己的親族，變成在台灣孤立的女人。

她沒有兄弟姐妹，從小也沒有祖父、祖母、伯伯、叔叔、姑姑等長輩可以疼愛她，帶她出去玩，買東西給她。

所以，我只要回故鄉，就儘量帶著她，走一趟尋根之旅。

她回去鄉下每次都很開心，因為大家都疼愛她，繞著她轉，把她捧得跟公主一樣。

❤

與柬埔寨的同齡孩子相較之下，她真的「很好命」。

在那裡，這種年紀的小孩會洗衣服、幫忙看家、顧牛、割草、拔菜、自己洗澡。

在這裡，她頂多幫忙洗洗碗、收收鞋子和衣服，有時請她跑腿，幫忙買個蔥或九層塔，我叮囑她如果看不懂就問阿姨，結果真的都能達成任務。

雖然只是一些小忙，我知道許多台灣小孩，在家裡甚至連這些小忙也不用幫，只要專心把書念好就行了。

像我連自己的生日幾月幾號都不確定，但她卻每年都有慶生會，還有禮物可以拿。

活。

♥

雖然回去看阿公、阿嬤時，要她做這些事，她都很開心。但畢竟這些粗活，都只是她度假時的消遣；對那邊的孩子來說，卻是他們的生活。

大舅舅要結婚時，她去幫忙砍香蕉葉，為了曬乾包糯米用的。

小舅舅去抬水，她也要跟去。

人家去割草、餵牛、洗碗、殺魚，她都想要參一腳。

♥

在台灣，很少事情是需要小孩子動手做的，說白一點，這裡的孩子生活富裕，茶來伸手、飯來張口。

在貧窮的地方，什麼都要靠勞力，恰好滿足了孩子喜歡動手做的天性。

人家做什麼她就做什麼，看什麼事都覺得很新奇，整天跟在人家屁股後面找樂子。

♥

看到別人吃什麼，她也要吃，可是一定會先問一句：「吃了會怎麼樣嗎？」

我笑著回答她：「不會怎麼樣，這些都是媽咪以前吃的食物呀！」

由於正值柬埔寨的過年，也就是一年一度的潑水節，有人想到抓蟋蟀來加菜，於是大家都去抓，她也跟著去幫忙。

她自己就像一隻小蟋蟀那樣滿場飛，開心極了。

❤

隔天中餐時，阿嬤已經把蟋蟀都處理好了，拔掉黑色不乾淨的部份，上桌變成一道香酥可口的菜時，她瞪大眼睛，碰都不敢碰。

前一天晚上她抓到時，還活跳跳地，到她的罐子裡也依然活躍，但一覺醒來，怎麼變成了「菜」？

小表妹吃得卡滋卡滋，還不斷催促說：

「小姊姊，你吃呀，你吃呀！」邊說還邊吃給她看。

她只有忙著躲，就像我一開始與乃輝在一起時那樣。

❤

但如果是青芒果或任何醃得酸酸甜甜的東西，她就一樣也不放過，都要嘗鮮看看。

走在村子裡，我會指著路上的景象對她說：

「你看，那些小女生跟你差不多大，可是為了幫助家裡，就要頭頂著香蕉、波蘿蜜去賣。」

她也知道如果是她，她大概做不到。

還看到鄰居有一個小男生，年紀和她相仿，已經可以自己背個大包包，騎腳踏車去上學了。

在這裡，卻要掛念交通問題，還要擔心治安問題。

❤

我說：「媽咪以前像你這個年紀時，就要幫忙種田了。」

她說：「好棒喔！我也要去。」

我說：「為了生活種田，一點兒也不好玩。」

她說：「什麼是生活？」

我無言。

孩子，生活是什麼？媽咪也還在學啊！

❤

雖然她只會一些簡單的生活柬文，像吃飯、身體部位、從一到十的數字等，但和小朋友卻玩得十分起勁。

我站在一旁看他們一群小孩在變什麼花樣，發現我們家的孩子是當中的孩子王。

「瑪索娜、宋伊亞，來，你們來坐這裡。」

原來她是老師，正在分配學生的座位。

她講她自以為是柬語的中文，與他們講的純正柬語，竟然還是能玩在一起。

❤

我心裡一直在祈禱，她對柬埔寨的好感，不會隨著年齡增長而減少。

期望她大一點時能常回去，看看那邊孩子的生活，體驗她媽媽的家鄉文化。

我是那邊的人，如果她一點都不懂、不瞭解，也很不應該。

一方面我希望她認識多元文化，去看看貧窮國家的小孩如何生活，讓她懂得惜福，知道自己生活什麼都不缺，有健全的家庭和幸福的生活，培養開闊的心胸。這樣她也可以把所見所聞跟同學分享。

一方面我也希望她長大後，如果有人想去柬埔寨，認識那邊的文化，她可以當嚮導；想吃柬埔寨菜時，她可以燒得出來。

看著她從快兩歲還不開口說話，成天只是「狗狗」和「媽咪」，到現在長成一個小女孩，是我們家的人氣小天使和小小外交官。終有一天，她也要像我一樣嫁作人婦。

以後，她開始交男朋友了，她男朋友會不會嫌棄我是柬埔寨來的，或者排斥她爸爸是個腦性麻痺患者，我擔心我與乃輝會影響到她的婚事。

為了永遠成為她的驕傲，我自己也要加油，我有自信不會變成她的包袱。而是一直到她適婚年齡，都還會勇敢地對人說：

「我媽是柬埔寨人哦！」

後語

就像太陽一樣

四輪車滿載著椰子，緩緩向前移動，騎四輪的人淹沒在山一般高的椰子堆後頭。

「椰子哦，椰子……」

叫賣聲讓我心動，多麼熟悉的家鄉街景。

❤

來台灣這麼多年，依然常夢見柬埔寨那邊的一切。

因為電話的連繫，覺得故鄉不過咫尺之遙。

但當我人在柬埔寨，遙望台灣卻覺得不可及。中間相隔湄公河、越南、南海，好遠好遠，像是觸摸不到的美夢。

現在的我，卻是「美夢成真」。

♥

清晨五點，他賣完花回家。

「你肚子餓嗎？要吃東西嗎？我弄給你吃。」聽見客廳有響聲，我便醒了過來，知道是他進門。

「不用了。」

簡單回覆了我，他旋即繞進女兒的房間。

我倚在門邊望著，他憐愛地撫摸著女兒熟睡的臉龐。

被爸爸溫柔的手輕觸，她的小嘴嘖嘖作響，好像夢見什麼香甜美食，而她正在品嘗。

這一幕不是夢，是我的真實生活，我一伸手就可以摸到的：

我的老公，我的小孩。

♥

我會很珍惜。

我知道他也是如此。

他再也不需要陪什麼紅粉知己去拜拜。

我不在的日子他會想念我。

見到家裡空蕩蕩地，那時他才知道誰是真正陪在他身邊的人，也才感受到有老婆的好。

♥

他曾是讓我頭疼的老公，如今卻慢慢進步，成為一個溫柔體貼而且顧家的好男人。

雖然如今他在外面的活動，依然不免受女生歡迎，我卻不會像從前那樣吃乾醋，或是一哭二鬧，反而寬宏大量地說：

「沒關係，我對你有信心的。」

彼此互留空間，我們現在就像親人一樣，互相照顧，誰也離不開誰，而且不會互相猜忌，相反的卻互相包容、互相忍耐。

就像放風箏，太遠了拉不回來，太近了飛不起來，我就在這一鬆一緊之間拿捏分寸。

♥

打掃家裡時，我擦拭著他珍視的十大傑出青年獎盃。

「這東西沒什麼用，放著積灰塵，要不要丟啊！」我故意打趣地說。

「欸，我難得得獎耶！」他邊嚷嚷，邊縱身過來搶。

不等他搶過手，我已端端正正地擺回原位。

心裡正自竊笑，偷眼瞥見他也是禁不住笑意，燦爛沒有心機，就像……

太陽一樣。

國家圖書館出版品預行編目資料

嫁來天堂的新娘 / 強娜威口述，管仁健.黃丹力整理 --
第一版 -- 臺北市：文經社，2008.11
面； 公分. -- （文經文庫；235）

ISBN 978-957-663-553-3（平裝）

855 97021875

文經社

文經文庫 235
嫁來天堂的新娘

著 作 人 — 強娜威
文字整理 — 管仁健、黃丹力
發 行 人 — 趙元美
社 長 — 吳榮斌
主 編 — 管仁健
美術編輯 — 劉玲珠
出 版 者 — 文經出版社有限公司
登 記 證 — 新聞局局版台業字第2424號
<總社・編輯部>：
地 址 — 104 台北市建國北路二段66號11樓之一（文經大樓）
電 話 — （02）2517-6688（代表號）
傳 真 — （02）2515-3368
E-mail — cosmax.pub@msa.hinet.net
<業務部>：
地 址 — 241 台北縣三重市光復路一段61巷27號11樓A（鴻運大樓）
電 話 — （02）2278-3158・2278-2563
傳 真 — （02）2278-3168
E-mail — cosmax27@ms76.hinet.net
郵撥帳號 — 05088806文經出版社有限公司
新加坡總代理 — Novum Organum Publishing House Pte Ltd. TEL:65-6462-6141
馬來西亞總代理 — Novum Organum Publishing House (M) Sdn. Bhd. TEL:603-9179-6333
印 刷 所 — 松霖彩色印刷事業有限公司
法律顧問 — 鄭玉燦律師（02）2915-5229
發 行 日 — 2008年 12月 第一版 第 1 刷

定價／新台幣 200 元 Printed in Taiwan